Cuentos de Andersen

Austral Intrépida

HANS CHRISTIAN ANDERSEN
CUENTOS DE ANDERSEN

Selección y traducción
Eva Liébana

Traducción de «Pulgarcita»
Carmen Freixanet

Ilustraciones
Vilhelm Pedersen
Lorenz Frølich

Planeta

Obra editada en colaboración con Editorial Planeta – España

Títulos originales de los cuentos: *Fyrtøjet, Lille Claus og store Claus, Prinsessen paa ærten, Tommelise, Den lille havfrue, Kejserens nye klæder, Svinedrengen, Nattergalen, Den grimme ælling, Den Lille pige med svovlstikkerne, Vanddraaben, Det er ganske vist!, Klods-Hans*

© 2022, Traducción de «Pulgarcita»: Carmen Freixanet
© 2022, Traducción del resto de los cuentos: Eva Liébana

© Hans Christian Andersen
© 2022, Editorial Planeta, S. A., – Barcelona, España

Derechos reservados

© 2023, Editorial Planeta Mexicana, S.A. de C.V.
Bajo el sello editorial AUSTRAL M.R.
Avenida Presidente Masarik núm. 111,
Piso 2, Polanco V Sección, Miguel Hidalgo
C.P. 11560, Ciudad de México
www.planetadelibros.com.mx

Diseño de la colección: Austral / Área Editorial Grupo Planeta
Ilustración de la portada: © Montse Galbany

Primera edición impresa en España en Austral: julio de 2022
ISBN: 978-84-08-26079-0

Primera edición impresa en México en Austral: agosto de 2023
ISBN: 978-607-39-0283-0

Impreso en los talleres de Litográfica Ingramex, S.A. de C.V.
Centeno núm. 162-1, colonia Granjas Esmeralda, Ciudad de México
Impreso en México - *Printed in Mexico*

Intrépido lector:

Todo puede suceder en el universo de los cuentos de Andersen: prepárate para conocer a perros alucinantes que conceden deseos, a distinguidas princesas o a porqueros aristocráticos. Donde reina la imaginación desbocada es posible viajar a lomos de una golondrina hacia lugares en los que siempre brilla el sol; visitar, en lo más profundo del fondo marino, el Palacio del Rey del Mar, o escuchar el canto dulcísimo de un ruiseñor que nunca deja de conmover a su audiencia y cuya melodía tiene propiedades extraordinarias.

Los cuentos que siguen constituyen una muestra representativa de los más de doscientos que escribió el autor danés. A casi ciento cincuenta años de su muerte, las historias aquí recogidas no han perdido ni un ápice de su capacidad de seducción. Son parte insustituible de nuestra más valiosa herencia cultural.

CUENTOS DE ANDERSEN

El encendedor de yesca

Por el camino iba un soldado marchando, ¡un, dos, un, dos! Llevaba la mochila a la espalda y el sable al costado porque venía de la guerra e iba camino a casa. Se cruzó con una vieja bruja en la carretera. Era asquerosa, el labio inferior le colgaba hasta el pecho. Esta le dijo:

—¡Buenas tardes, soldado! ¡Cómo me gusta tu sable y qué grande es tu mochila, se nota que eres un militar de verdad! ¡Ahora te voy a conseguir todo el dinero que quieras!

—Muchas gracias, vieja bruja —le contestó el soldado.

—¿Ves ese árbol grande? —La bruja le señaló el que tenía al lado—. Por dentro está completamente hueco. Sube hasta la copa: allí verás una abertura por la que puedes deslizarte y llegar al fondo del tronco. ¡Te ataré una cuerda a la cintura para que pueda subirte cuando me avises!

—¿Y qué quieres que haga dentro del árbol?

—¡Recoger dinero! Te cuento: cuando llegues al fondo del todo descubrirás un largo pasillo. Estará totalmente iluminado porque hay más de cien lámparas encendidas. Verás tres puertas, que podrás abrir porque tienen la llave puesta. Si entras en el primer cuarto, en el suelo encontrarás un arcón grande. Encima de él habrá un perro con los ojos tan grandes como dos tazas de té, pero no debes asustarte. Te dejaré mi delantal azul de cuadros y lo extenderás en el suelo. Luego te tienes que acercar al perro, lo agarras rápidamente y lo pones sobre el delantal. Abres el arcón y sacas todas las monedas que quieras: son de cobre. Pero si las prefieres de plata tendrás que entrar en el siguiente cuarto. Allí encontrarás un perro cuyos ojos son del tamaño de una rueda de molino. Pero no te debe asustar, ¡ponlo encima del delantal y ve sacando dinero! Pero si lo que quieres es oro, también lo hay, todo el que puedas cargar, cuando entres en el tercer cuarto. Pero allí, el perro encima del arcón tiene cada ojo del tamaño de la Torre Redonda de Copenhague. Pero ¡no te debe asustar! Simplemente tienes que colocarlo sobre mi delantal y no te hará nada. ¡Después podrás servirte del arcón de todo lo que quieras!

—No suena nada mal —dijo el soldado—. Pero ¿qué quieres que te suba yo a ti, vieja bruja? Porque supongo que algo querrás a cambio...

—No, no, ni una sola moneda. Únicamente tienes que traerme el viejo encendedor de yesca que se dejó mi abuela la última vez que bajó allí.

—Pues, venga, ¡átame la cuerda a la cintura!

—Toma, aquí está. ¡Y el delantal azul de cuadros!

El soldado subió al árbol y se deslizó por el hueco. Y, tal y como le había dicho la bruja, se encontró en el pasillo largo con todas esas lámparas encendidas.

Abrió la primera puerta. ¡Puf! Allí estaba el perro con ojos del tamaño de unas tazas de té, mirándolo fijamente.

—¡Sí que impresionas! —le dijo el soldado.

Lo puso encima del delantal de la bruja y se metió en los bolsillos todas las monedas de cobre que le cupieron. Cerró el arcón, puso otra vez al perro encima y se fue al otro cuarto. ¡Uf! Allí estaba el perro con ojos tan grandes como ruedas de molino.

—¡Deja de mirarme tan fijamente, que te vas a hacer daño en los ojos! —dijo el soldado y colocó el perro encima del delantal de la bruja.

Pero cuando vio todas esas monedas de plata en el arcón, tiró todas las de cobre que llevaba y se llenó los bolsillos y la mochila con plata pura. Luego se dirigió al tercer cuarto. ¡Ufff, qué asco! Ese perro sí que tenía los ojos tan grandes como la Torre Redonda, y ¡encima le estaban dando vueltas en sus órbitas como si fueran ruedas!

—¡Buenas tardes! —dijo el soldado y se llevó

la mano a la gorra, porque en su vida había visto un perro así.

Sin embargo, después de quedarse mirándolo un rato pensó que ya estaba bien, lo bajó al suelo y abrió el arcón. ¡Válgame, Dios! ¡Cuánto oro! ¡Con él podría comprarse todo Copenhague y todas las peladillas de las pastelerías, todos los soldaditos de plomo, todas las fustas y todos los caballos de balancín del mundo! ¡Aquello sí que era dinero! El soldado tiró, pues, todas las monedas de plata que se había guardado en los bolsillos y en la mochila y las cambió por las de oro. Volvió a llenarse los bolsillos y la mochila, ¡e incluso metió monedas en la gorra y en las botas, hasta que apenas pudo andar! ¡Ahora sí que tenía dinero! Volvió a poner el perro encima del arcón, cerró la puerta y gritó por el hueco del árbol:

—¡Ya me puedes subir, vieja bruja!

—¿Tienes el encendedor de yesca?

—¡Es verdad! Casi se me olvida —dijo el soldado y fue a por él.

La bruja lo subió y enseguida se encontró de nuevo en la carretera, ahora con los bolsillos, las botas, la mochila y la gorra llenos de dinero.

—¿Para qué quieres ese encendedor? —preguntó el soldado.

—¡A ti no te importa! Tú ya tienes tu dinero, ¡así que dame el encendedor!

—¡De eso nada! —dijo el soldado—. Dime ahora mismo para qué lo quieres o saco el sable y te corto la cabeza.

—¡Ni hablar! —respondió la bruja.

El soldado le cortó la cabeza.

—¡Ahí te quedas!

Metió todas las monedas en el delantal de la bruja, hizo un lío con él y se lo echó a la espalda. Luego se guardó el encendedor en el bolsillo y se fue derechito a la ciudad.

Era una ciudad estupenda. Se alojó en la mejor fonda, pidió las mejores habitaciones y la comida que más le gustaba, porque, como tenía todo ese dinero, ahora era rico. Al criado que le iba a limpiar las botas francamente le parecían unas botas muy viejas para un señor tan rico, pero es que todavía no le había dado tiempo a comprarse otras. Al día siguiente consiguió unas decentes, además de unas ropas bonitas. Ahora el soldado se había convertido en todo un señor muy distinguido, y la gente le iba hablando de las abundancias que había en la ciudad, de su rey y de lo hermosa que era su hija, la princesa.

—¿Dónde se puede ir a verla? —preguntó el soldado.

—Es que no se puede —le decía todo el mundo—. Vive en un gran palacio de cobre rodeado de murallas y torreones. Solo el rey se atreve a entrar y salir para verla porque en su día se profetizó que la princesa se casaría con un simple soldado, y eso no le gusta.

Pensó el soldado que le encantaría verla, pero que, claro, no iban a dejarle.

Ahora se dedicaba a vivir la buena vida, iba a teatros, paseaba por el jardín del rey y daba mucho dinero a los pobres, un hermoso gesto. Se acordaba de su vida de antes, de lo mal que lo pasaba cuando no tenía ni un céntimo. Ahora era rico, tenía buena ropa y un montón de amigos que le decían lo simpático que era, un verdadero caballero. ¡Adivina si eso le gustaba al soldado! Pero como todos los días gastaba dinero y no ingresaba nada, al final no le quedaron más de cuatro perras y tuvo que abandonar las hermosas habitaciones donde había vivido hasta entonces y mudarse a un cuartucho justo debajo del tejado. Allí tuvo que limpiarse las botas él mismo y remendarlas con una aguja grande. Y no le visitaba ninguno de sus amigos, había que subir tantas escaleras.

Era una noche muy oscura y no tenía ni siquiera para comprarse una vela. Pero de repente se acordó de que quedaba un trocito de vela en la caja del encendedor de yesca que había subido del árbol hueco al que le había ayudado a bajar la bruja. Sacó el encendedor y el trocito de vela, pero justo cuando golpeó el pedernal para conseguir que saltaran chispas, se abrió la puerta y se plantó delante de él el perro con los ojos tan grandes como tazas de té que había visto debajo del árbol. Y le dijo lo siguiente:

—¿Qué ordena mi amo?

—Pero, bueno, ¿y esto qué es? —exclamó el soldado—. ¡Vaya con el encendedor de yesca! Parece que puedo conseguir lo que quiera.

»¡Consígueme algo de dinero! —le dijo al perro, que desapareció en un pispás y volvió en otro pispás con un saquito de monedas en la boca.

Ya había averiguado el soldado lo maravilloso que era ese encendedor de yesca. Si lo golpeaba una vez, se le presentaba el perro del arcón con las monedas de cobre. Si lo golpeaba dos veces, venía el de las monedas de plata, y si lo hacía en tres ocasiones, el de las monedas de oro. Así que el soldado volvió a bajar a las hermosas habitaciones de antes, a vestir bien y enseguida se acordaron otra vez de él todos sus amigos. ¡Lo apreciaban tanto!

Un día pensó: «¡Qué tontería es esta de que no se pueda ver a la princesa! Todo el mundo habla de lo maravillosa que es. Pero ¿de qué sirve eso si tiene que quedarse para siempre en ese enorme palacio de cobre con todos sus torreones? ¿Acaso no hay forma de que pueda llegar a verla? A ver, ¿dónde tengo el encendedor de yesca?». Así que le sacó una chispa y, en un pispás, se presentó el perro con los ojos tan grandes como tazas de té.

—Es verdad que ya es pasada la medianoche —dijo el soldado—, pero me gustaría mucho ver a la princesa, aunque solo fuera por un momento.

No tardó nada el perro en salir por la puerta y, antes de que el soldado se diera cuenta, el animal ya estaba de vuelta con la princesa. La llevaba dormida sobre el lomo y era tan bonita que cualquiera podía ver que se trataba de una princesa de verdad. Y el soldado no pudo evitarlo, tuvo que besarla porque él era un soldado de verdad.

El perro se marchó a devolver a la princesa, pero, por la mañana, cuando los reyes se estaban sirviendo el té, ella les dijo que aquella noche había tenido un sueño muy raro sobre un perro y un soldado. En él cabalgaba sobre el perro y luego el soldado la besaba.

—¡Qué historia más bonita! —opinó la reina.

Se decidió que, a la noche siguiente, una de las viejas damas de la corte se quedaría a velar junto a la cama de la princesa para ver si aquello era un sueño de verdad o qué podía ser si no.

El soldado añoraba tanto volver a ver a la preciosa princesa que por la noche hizo venir al perro de nuevo para que fuera a buscarla otra vez. Este la recogió y regresó corriendo, pero la vieja dama de la corte se puso unas botas de agua y salió a perseguirlo. Cuando ella se percató de que se metían en una casa, pensó: «Ya sé dónde es» y con una tiza marcó una cruz muy grande en la puerta. Volvió a casa y se acostó; y el perro también regresó para devolver a la princesa. Pero cuando el animal se dio cuenta de que habían señalado con una cruz en la puerta de la casa donde vivía el soldado, él también cogió una tiza y marcó con una cruz todas las puertas de la ciudad. Muy bien pensado, así la dama de la corte ya no podría encontrar la puerta que era, porque todas tenían una cruz.

A primera hora de la mañana siguiente se acercaron el rey y la reina, la dama de la corte y todos los jefes militares para comprobar dónde había estado la princesa.

—¡Aquí es! —pronunció el rey al ver la primera puerta marcada por una cruz.

—No, es aquí, cariño mío —replicó la reina al ver una segunda puerta con una cruz.

—¡Ah, ahí hay una y allí hay otra! —dijeron todos.

Miraran por donde mirasen, siempre había cruces en las puertas. Así se dieron cuenta de que no serviría de nada seguir buscando.

Pero la reina era una mujer muy lista que sabía algo más que montar en carruajes. Sacó sus grandes tijeras de oro y recortó un trozo de tela de seda. De ella cosió una primorosa bolsita que llenó de granitos de alforfón. La ató a la espalda de la princesa y, una vez hecho eso, cortó un agujerito en la bolsa para que los granos se esparcieran por todo el camino que recorrería la princesa.

Y por la noche volvió el perro. Subió a la princesa a la espalda y la llevó a casa del soldado que tanto la quería y que tanto deseaba ser un príncipe para poder casarse con ella.

El perro ni se dio cuenta de cómo los granos se esparcían desde el mismo palacio hasta la ventana del soldado y el muro donde subió con la princesa. Por la mañana los reyes no tuvieron problema alguno en averiguar dónde había estado su hija, apresaron al soldado y lo metieron en la cárcel.

Y allí estaba ahora. Uf, qué oscuro y triste era todo. Y encima le dijeron: «Mañana te ahorcaremos». No tenía ninguna gracia oír eso y, además, el soldado se había dejado el encendedor de yesca en la fonda. A la mañana siguiente vio a través de los barrotes de la ventanita cómo la gente salía de la ciudad para presenciar su ahorcamiento. Oyó los tambores y vio a los soldados marchando, todo el mundo iba corriendo. Entre ellos también estaba un aprendiz de zapatero con su mandil y sus zuecos. Corría tanto que uno de sus zuecos se le salió volando y fue a parar junto al muro donde se encontraba mirando por la ventana el soldado.

—¡Eh, tú, aprendiz, no tengas tanta prisa!, ¡Hasta que no llegue yo, no habrá nada que ver! —le dijo el soldado—. ¿Por qué no vas corriendo al sitio donde yo vivía y me traes mi encendedor de yesca? Te daré unas cuantas monedas, pero te tienes que dar mucha prisa.

Al aprendiz de zapatero le interesaba mucho ganarse ese dinerito y salió a mil por hora. Recogió el encendedor, se lo dio al soldado y... ¡ya verás, ahora viene lo mejor!

En las afueras de la ciudad se había montado una horca grande. Estaba rodeada por soldados y miles y miles de personas. Los reyes esperaban en un maravilloso trono justo frente al juez y todo el consejo.

El soldado ya había subido la escalera de la horca, pero, cuando iban a ponerle la soga alrededor del cuello, dijo que al condenado siempre se le solía conceder un último deseo antes de que se cumpliera la sentencia y que a él le apetecía muchísimo fumarse un pipa, la última que se fumaría en este mundo.

El rey no quiso negárselo. El soldado cogió su encendedor e hizo saltar chispas, una, dos y tres, y en el acto se presentaron los tres perros: el de los ojos como tazas de té, el de los de tamaño de una rueda de molino y el de los ojos como la Torre Redonda.

—¡Ayudadme para que no me ahorquen! —les dijo el soldado y los perros se abalanzaron sobre el juez y todo el consejo.

A uno lo cogieron por las piernas, a otro por la nariz y los lanzaron tan alto que se hicieron pedazos al caer.

—¡A mí no! —gritó el rey, pero el perro más grande los cogió tanto a él como a la reina y los lanzó en la misma dirección que a los otros. Entonces se asustaron los soldados y todos los demás habitantes y empezaron a gritar—: ¡Soldadito, tú serás nuestro rey y te casarás con la hermosa princesa!

Montaron al soldado en la carroza del rey. Los tres perros iban delante bailando y gritando «¡Hurra!» y los chavales silbaban, metiéndose los dedos en la boca, mientras los soldados presentaban armas. La princesa pudo salir del palacio de cobre y se convirtió en reina, lo que le gustó mucho. La boda duró ocho días y los perros también se sentaron a la mesa con los ojos como platos.

Clausín y Clausón

En una ciudad había dos hombres que tenían el mismo nombre, los dos se llamaban Claus. Uno de ellos poseía cuatro caballos y el otro, uno solo. Para diferenciarlos, al que tenía cuatro caballos le llamaban Clausón y al que solo tenía uno, Clausín. Ahora vamos a ver cómo les iba, porque esta es una historia cierta:

A lo largo de toda la semana, Clausín tenía que arar los campos de Clausón y prestarle su único caballo. Luego Clausón le devolvía la ayuda con sus cuatro caballos, pero solo un día a la semana, el domingo. ¡Y de qué manera chasqueaba entonces Clausín el látigo sobre los cinco caballos, es que ese día eran prácticamente suyos! Hacía un agradable solecillo y las campanas de la iglesia llamaban a misa: la gente iba muy arreglada con el libro de himnos bajo el brazo para oír el sermón del sacerdote. Veían a Clausín arar con cinco caballos tan contento que volvía a chasquear el látigo.

—¡Arre, todos mis caballos!

—¡No digas eso, si solo es tuyo uno de ellos! —dijo Clausón.

Pero cuando volvía a pasar alguien de camino a la iglesia, a Clausín se le olvidaba que no podía decirlo y gritaba:

—¡Arre, todos mis caballos!

—¡Te pido por favor que no vuelvas a decirlo! —insistió Clausón—. Porque si lo dices otra vez, le propinaré tal golpe a tu animal que caerá muerto y entonces, adiós, caballo.

—Nada, no lo volveré a decir —dijo Clausín, pero cuando de nuevo pasó gente y le dieron los buenos días, se animó porque le parecía tan guapo tener cinco bestias para arar su campo que tuvo que chasquear el látigo y gritar—: ¡Arre, todos mis caballos!

—Yo sí que te voy a arrear al caballo.

Y Clausón cogió la estaca y le dio tal golpe en la cabeza al caballo de Clausín que este cayó muerto en el sitio.

—¡Ay, ay, ya no tengo caballo! —Clausín se echó a llorar.

Después despellejó al animal y puso a secar la piel al aire. Luego la metió en un saco que se echó a la espalda y se dirigió a la ciudad para venderla.

El camino era muy largo y tenía que atravesar un oscuro bosque. Durante el trayecto se desató una terrible tormenta y Clausín se perdió por completo; cuando volvió a encontrar el camino, ya era tan tarde que no le daba tiempo ni a llegar

a la ciudad ni tampoco a volver a casa antes de que se hiciera de noche.

Cerca de la carretera había una granja grande. Las contraventanas estaban cerradas, pero por arriba salía un poco de luz. «Allí podré pasar la noche», pensó Clausín y se acercó para llamar a la puerta.

Le abrió la granjera, pero cuando oyó lo que quería, le dijo que se fuera. Su marido no estaba en casa y ella no acogía a desconocidos.

—Bueno, entonces dormiré aquí fuera —dijo Pequeño Clausín, y la granjera le cerró la puerta.

No muy lejos de allí había un granero y, entre él y la casa, se había construido un cobertizo, cerrado en lo alto por un techo plano de paja.

«¡Me tumbaré allí arriba! —pensó Pequeño Clausín al verlo—. Parece un lecho estupendo y supongo que la cigüeña no bajará a pellizcarme las piernas.»

Pensó esto porque, encima del tejado, había una cigüeña que tenía allí su nido.

Clausín se subió encima del cobertizo y dio varias vueltas hasta acomodarse. La rendija de arriba de las contraventanas le permitía ver lo que pasaba dentro de la casa.

Había una mesa puesta con vino, asado y un delicioso pescado. La granjera y el sacristán estaban sentados a la mesa; no había nadie más. Ella le servía vino y él trinchaba el pescado, eso le gustaba.

«¡Quién pudiera tomar algo de eso!», se dijo Clausín, y acercó la cabeza a la rendija.

¡Madre mía, qué bizcocho más rico se veía por ahí! ¡Menudo banquete!

Clausín oyó entonces cómo se acercaba alguien por la carretera: era el marido de la granjera, que volvía a casa.

Era un hombre muy bueno, pero tenía una extraña enfermedad: no soportaba ver a los sacristanes. Si se le ponía delante uno, se ponía furiosísimo. Por eso mismo el sacristán había ido a dar los buenos días a la granjera cuando sabía que su esposo no estaba en casa y, por eso, aquella buena mujer le había sacado toda esa rica comida. Pero, al oír ahora que el marido estaba llegando a casa, se asustaron muchísimo y la mujer pidió al sacristán que se escondiera en el gran arcón vacío que estaba en el rincón. Y así lo hizo el hombre porque sabía que el pobre marido no aguantaba a los sacristanes. Rápidamente la granjera escondió toda esa deliciosa comida y el vino dentro del horno porque si la veía el marido, seguro que preguntaría qué estaba pasando.

—¡Qué pena! —suspiró Clausín desde lo alto del cobertizo cuando vio desaparecer toda esa comida.

—¿Es que hay alguien arriba? —preguntó el granjero, y entonces vio a Clausín—. ¿Por qué estás ahí? Mejor pasa adentro conmigo.

Clausín le contó cómo se había perdido y le pidió poder pasar allí la noche.

—Claro que sí. Pero primero tenemos que meternos algo entre pecho y espalda.

La mujer los recibió muy amablemente a los dos, preparó una mesa larga, sacó una gran fuente de gachas y la puso delante de ellos. El granjero tenía mucha hambre y comió con buen apetito, pero Clausín no podía dejar de pensar en el delicioso asado, el pescado y el bizcocho que sabía que había en el horno.

Debajo de la mesa, a sus pies, había dejado el saco con la piel del caballo. ¿Te acuerdas de que había salido de casa con ella para venderla en la ciudad? Las gachas no le acababan de convencer y dio un pisotón al saco, con lo que hizo crujir la piel seca que había dentro.

—¡Chist! —dijo Clausín al saco al tiempo que lo volvía a pisar.

Crujió más fuerte que la primera vez.

—Anda, ¿qué llevas en el saco? —le preguntó el granjero.

—Ah, es un mago —contestó Clausín—. Dice que no comamos gachas, que ha usado su poder mágico para llenar el horno de asado, pescado y bizcocho.

—¿Cómo? —dijo el granjero, y rápidamente fue a abrir el horno, donde encontró toda aquella deliciosa comida que había escondido su mujer pero que él creía que estaba allí por el mago del saco.

La mujer no se atrevió a decir nada, sino que simplemente sacó la comida y la puso en la mesa. Así probaron tanto el asado como el pescado y el bizcocho. Clausín volvió a pisar el saco y la piel volvió a crujir.

—¿Y ahora qué dice? —preguntó el granjero.

—Dice que también nos ha preparado tres botellas de vino: están en el rincón al lado del horno.

La mujer tuvo que sacar el vino que había escondido y el granjero bebió y se puso de muy buen humor. Él estaría más que encantado de tener un mago como el que llevaba Clausín en el saco.

—¿También sabe hacer que aparezca el demonio? ¡No me importaría verlo ahora que estoy tan contento!

—Sí, sí, mi mago sabe hacer todo lo que yo le pida. ¿A que sí? —preguntó, y pisó el saco haciéndolo sonar otra vez—. ¿Has oído que ha dicho que sí? Pero el demonio tiene un aspecto muy feo, más vale no verlo.

—¡Yo no tengo el menor miedo! Me pregunto qué aspecto tendrá...

—¡Será el vivo retrato de un sacristán!

—¡Uffff! —exclamó el granjero—. Has de saber que no soporto a los sacristanes. Pero da igual. Como sé que es el demonio, lo aguantaré mejor. ¡Qué valiente estoy! Pero que no se me acerque demasiado.

—Voy a preguntarle a mi mago.

Clausín pisó el saco y acercó la oreja.

—¿Qué dice?

—Dice que abras el arcón ese del rincón. Allí encontrarás escondido al demonio, pero sujeta bien la tapa para que no se escape.

—¿Me ayudas a sujetarla? —dijo el granjero y

se acercó al arcón donde la mujer había escondido al sacristán de verdad, que ahora estaba de lo más asustado.

El granjero levantó la tapa un poco y miró dentro.

—¡Uy! —gritó y pegó un salto atrás—. Ya lo he visto, es igualito que nuestro sacristán. ¡Qué horror!

Había que brindar por eso y siguieron bebiendo hasta bien entrada la noche.

—¡Tienes que venderme ese mago como sea! ¡Pídeme lo que quieras! ¡Te daré media fanega de monedas por él ahora mismo!

—No puedo, piensa en todo el provecho que puedo sacar yo del mago.

—Ya, pero me gustaría tanto tenerlo —seguía rogando el granjero.

—Bueno, vale. Como has sido tan generoso como para dejarme pasar la noche en tu casa, te lo daré a cambio de la media fanega de monedas. Pero, bien colmada, ¡¿eh?!

—¡Así será! Pero tendrás que llevarte el arcón ese, no quiero tenerlo ni una hora en mi casa, no se sabe si sigue ahí dentro.

Clausín le dio al granjero el saco con la piel

seca y recibió a cambio la media fanega bien cargada de monedas. El hombre incluso le regaló una carretilla para poder llevar el dinero y el arcón.

—¡Adiós! —se despidió Clausín y se marchó con el dinero y el arcón, donde todavía seguía el sacristán.

Cuando salió del bosque, llegó a un ancho y profundo río donde el agua corría tan deprisa que apenas se podía nadar contracorriente. Habían construido un puente nuevo para cruzarlo y Clausín se paró en medio de él y dijo en voz alta, para que le oyera el sacristán desde dentro del arcón:

—Pero ¿para qué quiero yo este arcón tan inservible? Pesa tanto como si estuviera lleno de piedras. Me he cansado de empujarlo, creo que voy a tirarlo al río. Si llega flotando a mi casa, estupendo, y si no, pues me da lo mismo.

Levantó un poco el arcón con una mano como si fuera a tirarlo al agua.

—¡Nooo, por favor! —gritó el sacristán desde dentro—. ¡Déjame salir!

—¡Uyyy! —exclamó Clausín, fingiendo estar asustado—. Sigue ahí dentro. ¡Voy a echarlo al río enseguida para que se ahogue!

—¡No, no, no! —gritó el sacristán—. Te daré media fanega de monedas si me dejas salir.

—¡Ahh, ese ya es otro cantar! —dijo Clausín y abrió el arcón.

El sacristán salió enseguida y empujó el arcón vacío al agua. Fueron a su casa y allí le entregó media fanega de monedas a Clausín. El granjero ya le había dado otra mitad y ahora tenía la carretilla llena de dinero.

—Pues al final me ha salido estupendamente la venta del caballo —se dijo a sí mismo cuando llegó a casa y volcó todo el dinero en un gran montón en el suelo—. Se fastidiará Clausón cuando se entere de lo rico que me he vuelto con un solo caballo, pero no se lo voy a contar directamente.

Mandó a un muchacho a casa de Clausón para pedirle una medida de fanegas.

«¿Para qué la querrá?», pensó este y untó el fondo de la medida con pez para que se quedara pegado un poco de lo que se mediría. Y así fue. Cuando le devolvieron la medida había pegadas tres nuevas monedas de plata de a ocho chelines.

—Pero ¿esto qué es? —se dijo Clausón, y salió corriendo a casa de Clausín—. ¿De dónde has sacado tanto dinero?

—Ah, ha sido a cambio de la piel de mi caballo, la vendí anoche.

—Ya lo creo que está bien pagada —se dijo Clausón y volvió corriendo a su casa, donde cogió un hacha y mató a sus cuatro caballos de un golpe en la frente. Les quitó la piel y se los llevó a la ciudad.

—¡Pieles, pieles! ¡Vendo pieles! —iba pregonando por las calles.

Se le acercaron todos los zapateros y curtidores de la ciudad y le preguntaron cuánto pedía por ellas.

—Media fanega de monedas por cada una —contestó.

—Pero ¿es que te has vuelto loco? ¿Crees que medimos el dinero por fanegas?

—¡Pieles, pieles, vendo pieles! —volvió a gritar, y a todos los que le preguntaban el precio les contestaba que media fanega.

—Nos está tomando el pelo —decían todos, y finalmente los zapateros cogieron sus correas y los curtidores sus mandiles de cuero y empezaron a zurrar a Clausón.

—Pieles, pieles —se mofaron de él—. ¡Te vamos a calentar a ti la piel hasta que tengas el color de una amapola! ¡Fuera de esta ciudad! —gritaron, y Clausón tuvo que salir corriendo, pues nunca había recibido tal paliza.

—Vamos —dijo al llegar a casa—. ¡Esta me la va a pagar Clausín! ¡Lo voy a matar!

Pero en casa de Clausín acababa de fallecer su anciana abuela. La mujer tenía muy mal genio y siempre se había portado mal con él, pero, aun así, Clausín estaba triste. Cogió a la muerta y la metió en su propia cama calentita para ver si así sería posible devolverla a la vida. Allí pensaba dejarla toda la noche, mientras él mismo dormía en una silla en el rincón: no sería la primera vez que lo hacía.

Mientras pasaba allí la noche, se abrió la puerta: era Clausón con su hacha. Sabía dónde estaba la cama de Clausín, así que fue directamente hacia ella y le propinó un buen golpe en la cabeza a la abuela muerta, pensando que se lo estaba dando a Clausín.

—¡Ya está! No me volverás a tomar el pelo —dijo, y volvió a su casa.

«Pero ¡qué hombre más malo! —pensó Clausín—. Ha querido matarme. Por suerte para la abuelita ya estaba muerta; si no, la habría matado.»

Entonces se puso la ropa de los domingos, y también a la abuela, pidió prestado un caballo a su vecino, lo enganchó al carro, colocó a la anciana en el asiento de atrás para que no se cayera por el camino y se puso en marcha. Atravesó el bosque y, cuando salió el sol, se encontraba delante de una posada. Allí se paró Clausín y entró para comer algo.

El posadero tenía mucho mucho dinero y, además, era un buen hombre, aunque algo colérico: llevaba pimienta y tabaco en su interior.

—Buenos días —saludó a Clausín—. ¡Qué pronto te has puesto la ropa de domingo hoy!

—Sí, es que llevo a mi abuela a la ciudad, está allí fuera en el carro, y no consigo que entre. ¿Podrías llevarle un vaso de aguamiel? Tienes que hablarle bastante alto porque no oye muy bien.

—Enseguida —dijo el posadero, que llenó un vaso grande de aguamiel y se lo llevó a la abuelita muerta que estaba montada en el carro—. Le traigo un vaso de aguamiel de parte de su nieto —dijo el hombre.

Pero ella no pronunció palabra, allí estaba toda calladita.

—¿No me oye? —gritó el hombre lo más alto

que pudo—. Le traigo un vaso, se lo manda su nieto.

Volvió a gritar lo mismo una vez más —y otra más— pero, como ella no se movía del sitio, se acabó enfadando y le tiró el vaso a la cara. El aguamiel le corrió por la nariz a la abuela, que cayó de espaldas en el carro porque no estaba atada.

—¡A veeer qué pasa! —gritó Clausín, que salió corriendo y agarró al posadero por la pechera— ¡Acabas de matar a mi abuela! ¡Mira qué brecha le has abierto en la frente!

—¡Ay, ha sido un accidente! —gritó el posadero, que juntó las manos—. Todo esto es porque soy una persona colérica. Por favor, Clausín, amigo, te daré media fanega de monedas y enterraré a tu abuela como si fuera la mía siempre que no cuentes nada de esto, porque si no, me cortarán la cabeza ¡y eso sienta fatal!

Clausín recibió, pues, media fanega de dinero más y el posadero enterró a la abuela como si fuera la suya propia.

Cuando Clausín volvió a casa con todo ese dinero, enseguida mandó al muchacho de antes a casa de Clausón para que le dejara otra vez la medida de fanegas.

—Pero ¿esto qué es? —dijo Clausón—. ¡Si lo acabo de matar! ¡Tengo que comprobarlo por mí mismo!

Y se fue para entregarle la medida en persona.

—Pero ¿de dónde has sacado todo ese dinero? —le preguntó al llegar, y puso los ojos como platos al ver todas las monedas que ahora había añadido a las que ya tenía.

—En vez de a mí, mataste a mi abuela —explicó Clausín—. La he vendido y me han dado media fanega de monedas por ella.

—¡Pues sí que te han pagado bien!

Clausón volvió corriendo a casa, cogió un hacha y mató en un pispás a su anciana abuela. La colocó encima de un carro, fue a la ciudad, a casa del boticario, y le preguntó si quería comprar un cadáver.

—¿Quién es y de dónde lo has sacado? —preguntó el boticario.

—Es mi abuela —contestó Clausón—. La he matado para conseguir media fanega de monedas.

—¡Dios nos guarde! ¡Te estás yendo de la lengua! ¡No digas esas cosas, que podrías perder la cabeza!

Y entonces el boticario le contó a las claras lo espantoso que era lo que había hecho y lo mala persona que era y cómo se merecía que lo castigaran. Eso le asustó tanto a Clausón, que dio un salto de la botica al carro y, fustigando a los caballos, volvió volando a casa. El boticario y todos los demás creyeron que se había vuelto loco y lo dejaron marcharse adonde quisiese.

—¡Me las pagarás! —dijo cuando alcanzó la carretera—. ¡Sí, me las pagarás, Clausín!

Cuando llegó a casa, cogió el saco más grande que pudo encontrar, se fue a casa de Clausín y le dijo:

—¡Me has vuelto a engañar! Primero maté a mis caballos, luego a mi abuela y todo por culpa tuya. Pero ¡nunca más vas a volver a engañarme! —Agarró a Clausín por la cintura y lo metió en el saco. Se lo echó a la espalda y le gritó—: Ahora te voy a ahogar.

El río quedaba bastante lejos y Clausín pesaba lo suyo. El camino pasaba cerca de la iglesia, el sonido del órgano era precioso y los cantos de la gente de allí dentro eran muy bonitos. Clausón dejó fuera el saco con Clausín en su interior, pensando que podría estar bien entrar a oír cantar un himno antes de seguir su camino. En cualquier caso, Clausín no podría escapar y todo el mundo estaba en el interior de la iglesia, de manera que entró.

—¡Ay de mí! —suspiró Clausín dentro del saco.

Por mucho que se retorcía no conseguía que se soltara el nudo. Pero en ese momento pasó un pastor viejo, viejo. Tenía el pelo blanco y llevaba un grueso bastón en la mano para apoyarse. Conducía un rebaño de vacas y toros que iban delante de él y que empujaron el saco donde estaba Clausín.

—¡Ay de mí! ¡Con lo joven que soy y ya tengo que ir al cielo! —suspiró Clausín.

—¡Y pobre de mí! A pesar de ser tan mayor, ¡todavía no puedo entrar en él! —replicó el pastor.

—¡Abre el saco! —gritó Clausín—. ¡Métete dentro en mi lugar y llegarás enseguida al cielo!

—¡Es lo que más quiero! —exclamó el pastor al desatar el nudo del saco.

Clausín salió en un salto.

—Encárgate tú del ganado —dijo el viejo y se metió en el saco.

Clausín lo ató y se marchó con todas las vacas y todos los toros.

Poco después Clausón salió de la iglesia y se echó el saco a la espalda. Le parecía que pesaba mucho menos (es que el pastor no pesaba más de la mitad que Clausín).

—Qué ligero me parece ahora. ¡Debe de ser porque he escuchado un himno! —Fue hasta el río, que era ancho y profundo y lanzó el saco con el viejo pastor al agua gritando—: ¡Ya está! ¡No volverás a engañarme!

Porque, claro, creía que Clausín estaba ahí dentro.

Empezó a ir hacia su casa, pero cuando llegó adonde se cruzan los caminos se encontró con Clausín, que conducía todo el ganado.

—Pero ¿esto qué es? ¿No acabo de ahogarte?

—Sí, me tiraste al río hace menos de media hora.

—¿Y de dónde has sacado todo ese maravilloso ganado?

—Es ganado de mar. Te voy a contar toda la historia. Y también quiero agradecerte que me ahogaras: ahora sí que me he venido arriba, y soy muy muy rico, créeme. Tenía mucho miedo cuando estaba dentro del saco y el viento me silbaba en los oídos en el momento en que me arrojaste al agua fría desde el puente. Enseguida me hundí hasta el fondo, pero no me hice daño porque, allá abajo, hay una preciosa hierba blanda. Caí sobre ella y el saco se abrió. Una bellísima doncella con ropas blancas y una corona verde sobre el pelo mojado me cogió de la mano y dijo: «¿Eres tú Clausín? Primero te daré este poco de ganado y más arriba, en la carretera, verás otro rebaño que también te quiero regalar». Entonces me di cuenta de que el río era una especie de gran carretera para la gente del mar. Por el fondo iban y venían a pie y en carros desde el mar y tierra adentro hasta donde termina el río. Todo era precioso, lleno de flores y con la hierba fresquísima, y los peces que nadaban en el agua se deslizaban a mi lado como aquí arriba lo hacen los pájaros por el aire. ¡Qué gente más hermosa y qué ganado más bonito iba por las zanjas y en las cunetas!

—Pero ¿por qué has vuelto tan rápido aquí arriba con nosotros? —preguntó Clausón—. Si todo es tan bonito allá abajo, yo no lo hubiera hecho.

—Sí, precisamente eso se debe a la astucia. Me has oído decir que la doncella del mar me contó que una milla más arriba, en la carretera, me esperaba otro rebaño de ganado. Y cuando ella dice «carretera» se refiere al río, porque ella no puede moverse por otra. Pero yo sé cuántas vueltas da el río, para acá y para allá, es un rodeo enorme. Para uno que puede subir aquí a la tierra es mejor coger un atajo e ir recto, así me ahorro casi media milla y llegaré antes a mi ganado de mar.

—¡Oh, eres un hombre afortunado! ¿Crees que a mí también me regalarán ganado de mar si bajo al fondo del río?

—Yo diría que sí —contestó Clausín—. Pero no puedo llevarte en el saco hasta el río, pesas mucho para mí. En cambio, si tú mismo vas andando hasta allí y luego te metes en el saco, estaré encantado de tirarte.

—Muchas gracias. Pero si no me regalan ganado de mar una vez abajo, te daré una gran paliza.

—¡Oh, no, no seas tan malo!

Así fueron al río y cuando el ganado, que tenía sed, vio el agua empezó a correr para bajar a beber.

—¡Mira cómo corren! Tienen prisa por volver a bajar al fondo —dijo Clausín.

—¡Bueno, ayúdame a mí primero! —manifestó Clausón—. Si no, te daré una buena paliza. —Luego se metió en un saco grande que había llevado en el lomo de uno de los toros—. ¡Mete también una piedra, si no me temo que no me hundiré!

—No te preocupes —contestó Clausín, pero aun así metió una piedra grande, ató bien fuerte la correa y le dio un empujón. ¡Cataplum!

Ahora Clausón estaba en medio del río y se hundió rápidamente.

—Me temo que no va a encontrar el ganado —dijo Clausín, y condujo el suyo a casa.

La princesa y el guisante

Érase una vez un príncipe. Quería casarse con una princesa, pero tenía que ser una princesa auténtica. Viajó, pues, por todo el mundo para encontrarla, pero en todos los lugares a los que iba faltaba algo. Princesas había muchas, pero no conseguía convencerse de que fueran de verdad, siempre había algo que no encajaba. Al final regresó a casa y se encontró muy apenado porque tenía muchas ganas de conocer a una auténtica princesa.

De repente una noche se levantó una tormenta terrible, con truenos y relámpagos; llovía a cántaros, era un horror. Llamaron a la puerta de la ciudad y el anciano rey fue a abrir.

Allí fuera había una princesa. Pero, Dios mío, ¡qué pintas le habían dejado la lluvia y el mal tiempo! El agua le corría por el pelo y la ropa, entraba por la punta de los zapatos y salía por el tacón. Y encima insistía en que era una princesa auténtica...

«Bueno, de eso ya nos enteraremos», pensó la anciana reina pero no dijo nada. Entró en la alcoba, quitó todas las sábanas y colocó un guisante sobre la base de la cama. Después cogió veinte colchones y los puso encima del guisante y luego apiló otros veinte edredones sobre los colchones.

Allí encima tendría que pasar la noche la princesa.

A la mañana siguiente le preguntaron cómo había dormido.

—Oh, ¡terriblemente mal! —contestó la princesa—. Apenas he podido pegar ojo en toda la noche. Me pregunto qué había en la cama. He estado tumbada sobre algo muy duro, tengo todo el cuerpo lleno de moratones. ¡Es terrible!

Dado que había podido sentir el guisante a través de los veinte colchones y los veinte edredones pudieron comprobar que era una princesa auténtica. Tan delicada no podía ser nadie más que una verdadera princesa.

El príncipe la tomó como esposa porque ya

sabía que había encontrado a una auténtica princesa. Y el guisante lo llevaron al museo, donde todavía lo podrás ver, si es que no se lo ha llevado nadie.

Pulgarcita

Érase una vez una mujer que anhelaba tener un niño pequeñito, pero no sabía dónde conseguirlo; así que acudió a una vieja bruja y le dijo:

—Desearía con toda mi alma tener un niñito, ¿podrías decirme dónde podría conseguirlo?

—¡Claro que sí, verás cómo lo solucionamos! —dijo la bruja—. Aquí tienes un grano de cebada, pero no es como los que crecen en los campos de los labriegos o como los que se les echa a las gallinas para darles de comer. ¡Plántalo en una maceta y verás!

—¡Muchas gracias! —le dijo la mujer y le dio doce monedas.

Después se fue a su casa, plantó el grano de cebada y al instante brotó una flor grande y hermosa, bastante parecida a un tulipán, pero cuyos pétalos permanecían cerrados como si todavía fuera un capullo sin abrir.

—¡Qué flor tan hermosa! —dijo la mujer, y besó sus bellos pétalos rojos y amarillos.

Nada más hacerlo, la flor se abrió con un gran estrépito. Era un auténtico tulipán, no cabía duda. Pero en el centro de la flor, sentada en el pistilo verde, había una bonita y delicada niña, muy pequeñita, pues no medía más de una pulgada. Por eso la llamaron Pulgarcita.

Por cuna tuvo una preciosa cáscara de nuez pulcramente barnizada, azulados pétalos de violeta por colchón y un pétalo de rosa como edredón. Allí dormía por la noche, pero por el día jugaba encima de una mesa donde la mujer había dispuesto un plato rodeado de una corona de flores cuyos tallos se sumergían en el agua; un pétalo grande de tulipán flotaba en él y Pulgarcita podía navegar de orilla a orilla usando dos blancas crines de caballo para remar. Parecía algo delicioso. También sabía cantar, oh, sí, con una finura y una gracia nunca vistas.

Una noche que dormía en su preciosa cama, un repugnante sapo entró saltando por una ventana que tenía un cristal roto. El sapo era muy feo, grandísimo y viscoso. De un salto se plantó sobre la mesa donde Pulgarcita dormía abrigada con el rojo pétalo de rosa.

—¡Qué esposa más estupenda para mi hijo! —dijo el sapo, y entonces agarró la cáscara de nuez donde dormía Pulgarcita y se la llevó saltando al jardín a través del cristal roto.

Por el lugar corría un riachuelo ancho y grande, pero la orilla era fangosa y enlodada; allí vivía la madre sapo con su hijo. ¡Uf, qué feo y repugnante era también él! Era el vivo retrato de su madre.

—¡Croac, croac!, ¡brekkekekex! —fue lo único que alcanzó a decir cuando vio a la encantadora niñita en la cáscara de nuez.

—¡No hables tan alto que se despertará! —dijo la vieja madre sapo—. ¡Todavía puede escaparse, pues es tan liviana como una pluma de cisne! La pondremos en el riachuelo, en una de las hojas grandes de nenúfar. Para ella, que es tan ligera y menudita, será como estar en una isla de la que no puede escapar. Mientras, prepararemos la estancia en el fango donde os estableceréis.

En el riachuelo crecían muchos nenúfares de grandes hojas verdes que parecían flotar en el agua, y la hoja más alejada de la orilla también era la más grande. Hacia allí nadó la vieja madre sapo y depositó en ella la cáscara de nuez con Pulgarcita dentro.

La pobre niñita despertó muy temprano por la mañana y, cuando vio dónde estaba, se echó a llorar desconsoladamente, pues la enorme hoja verde estaba rodeada de agua por todas partes. Nunca podría llegar a tierra firme.

La vieja madre sapo estaba metida en el fango y adornaba la estancia con juncos y nenúfares amarillos para que su nueva nuera lo encontrara todo bonito y a su gusto. Después nadó con su feísimo hijo hasta la hoja donde se hallaba Pulgarcita; querían recoger la hermosa cuna para colocarla en la cámara nupcial antes de traerla a ella. La vieja madre sapo le hizo una profunda reverencia desde el agua y dijo:

—Te presento a mi hijo. ¡Él será tu marido y viviréis tan ricamente en el fango!

—¡Croac, croac!, ¡brekkekekex! —fue lo único que consiguió articular el hijo.

Entonces cogieron la preciosa cunita y se alejaron nadando con ella mientras Pulgarcita se quedaba sola llorando en la hoja verde, pues no quería vivir con aquella asquerosa madre sapo ni tener a su repugnante hijo por esposo. Los pececitos que nadaban por allí la habían visto y habían oído sus palabras y asomaron sus cabezas, pues querían conocer a la niñita. Nada más verla les pareció sumamente adorable y les dio mucha pena que tuviese que irse a vivir con aquel feísimo sapo. No, eso no pasaría nunca. Se agruparon en el fondo, alrededor del tallo verde que sujetaba la hoja en la que se hallaba ella, y lo mordisquearon hasta partirlo. Entonces, la hoja se deslizó riachuelo abajo llevándose a Pulgarcita lejos, muy lejos, donde el sapo ya no podría alcanzarla.

Pulgarcita navegó por muchos lugares mientras los pajarillos posados en los arbustos cantaban al verla:

—¡Qué damisela tan hermosa!

La hoja que la llevaba se deslizaba más y más lejos; así viajó Pulgarcita fuera del país.

Una hermosa mariposilla blanca revoloteaba a su alrededor todo el rato hasta que al fin se posó en la hoja, porque Pulgarcita le gustaba mucho y la niña estaba muy contenta ahora que el sapo ya no podía alcanzarla y los parajes por donde navegaba eran muy bonitos. El sol brillaba en el agua como oro bruñido. Entonces cogió su cinturón, ató un extremo alrededor de la mariposa y sujetó el otro con fuerza a la hoja, que así se deslizó a más velocidad, y la niña con ella, pues iba montada encima.

Más he aquí que un gran abejorro se presentó volando, la vio y al instante la asió con su garra por la esbelta cinturita y voló con ella hasta un árbol, mientras la hoja verde continuaba deslizándose riachuelo abajo con la mariposa, ya que estaba atada a ella y no podía soltarse.

Oh, cielos, qué susto se llevó la pobre Pulgarcita cuando el abejorro voló con ella hasta lo más alto del árbol. Pero, más que nada, le afligía pensar en la hermosa mariposa blanca que ella había atado a la hoja; moriría de hambre si no conseguía soltarse. Pero al abejorro eso no le importaba en lo más mínimo. Se sentó con ella en la hoja más grande del árbol, le dio de comer néctar de las flores y le dijo que era muy bonita, aunque estaba claro que en nada se parecía a un abejorro. Luego llegaron los demás abejorros que vivían en el árbol y pasaron a visitarla. Miraron a Pulgarcita y las señoritas abejorro estiraron sus antenas y dijeron:

—Pero si solo tiene dos patas, ¡qué aspecto más deplorable!

—¡Y ni una sola antena! —dijo una.

—Y una cintura tan esbelta. ¡Vaya! ¡Se parece mucho a las personas! ¡Qué fea! —exclamaron todas las señoritas abejorro.

Pero Pulgarcita era encantadora; y eso opinaba también hasta entonces el abejorro que se la había llevado, aunque cuando todos afirmaron que era fea, él también acabó por creerlo y ya no quiso saber nada de ella, podía marcharse donde quisiera. Así que la bajaron del árbol volando y la dejaron sobre una margarita; allí se puso a llorar porque era tan fea que los abejorros no la querían. Eso, pese a ser la criatura más adorable que pueda imaginarse, delicada y luminosa como el más hermoso pétalo de rosa.

La pobre Pulgarcita pasó todo el verano muy sola en aquel bosque tan grande. Se trenzó una cama con hebras de heno y la colgó debajo de una gran hoja de acedera para resguardarse de la lluvia, recogía el néctar de las flores para alimentarse y bebía las gotas de rocío que cada mañana se posaban en las hojas; así pasó el verano y el otoño, pero llegó el invierno, el frío y largo invierno. Los pájaros, que la habían arrullado con hermosos cantos, emprendieron el vuelo. Los árboles y las flores se marchitaron, la hoja grande de acedera que la había cobijado se arrugó enrollándose sobre sí misma para acabar convirtiéndose en un tallo amarillo y marchito. Pulgarcita pasaba un frío terrible puesto que su ropa estaba hecha añicos. Pobre Pulgarcita, estaba condenada a morir de frío, tan delicada y pequeñita como era. Empezó a nevar y cada copo de nieve que le caía encima era como si a nosotros, que somos mucho más grandes, nos cayera una paletada entera, pues ella no medía más de una pulgada. Así que se envolvió con una hoja marchita, pero no la calentaba y empezó a temblar de frío.

Junto al bosque en el que se hallaba había un campo grande de cebada, pero el grano ya hacía mucho que se había cosechado, y solo unos desnudos y secos rastrojos asomaban de la tierra helada. Para ella era como atravesar un inmenso bosque, ah, cómo temblaba de frío. Y he aquí que llegó a la puerta de una ratoncita de campo, que era un agujero debajo de los rastrojos. Allí vivía ella calentita y a gusto: tenía todo el salón lleno de grano, una agradable cocina y un comedor. La pobre

Pulgarcita se quedó delante de la puerta y, como una mísera mendiga, suplicó un trocito de grano de cebada porque no había probado bocado desde hacía dos días.

—¡Pobrecilla! —dijo la ratoncita, porque en el fondo era una buena y vieja ratoncita de campo—. ¡Pasa al calor de mi casa y come conmigo!

Más tarde, puesto que Pulgarcita le gustó, le dijo:

—Podrías quedarte a vivir conmigo todo el invierno, pero tendrías que limpiarme la casa y contarme historias, porque me gustan mucho.

Y Pulgarcita hizo lo que la buena y vieja ratoncita de campo le pedía y allí estuvo la mar de bien.

—¡Pronto tendremos visita! —dijo la ratoncita—. Mi vecino suele venir a verme todas las semanas. Él todavía vive mejor que yo; ¡tiene unos grandes salones en su casa y se pasea con un magnífico abrigo negro de pieles! Si pudieras casarte con él, no te faltaría de nada. Pero es ciego. ¡Tendrás que contarle las historias más bonitas que sepas!

Pero a Pulgarcita poco le importaba todo aquello y no quería ni oír hablar de casarse con el vecino, que además resultó ser un topo. El día de la visita llegó con su abrigo de pieles. Era tan rico e instruido, dijo la ratoncita de campo, su casa era veinte veces más grande que la suya, y era instruido, pero aborrecía el sol y las hermosas flores, de las que hablaba con desprecio porque nunca las había visto. Pulgarcita tuvo que cantar y entonó «¡Abejorro, vuela, vuela!» y «El monje camina por el prado». Entonces, el topo se enamoró de ella por su bella voz, pero no dijo nada, pues era de talante sosegado.

Hacía poco que el topo había excavado un largo túnel desde su casa hasta la de ellas e invitó a la ratoncita de campo y a Pulgarcita a pasearse por allí cuando les viniera en gana. Antes, les advirtió que no tuvieran miedo del pájaro muerto que yacía en la entrada. Era un pájaro entero, con plumas y pico, que seguramente habría muerto hacía poco, al inicio del invierno, y había quedado enterrado justo donde él había excavado su túnel.

El topo cogió con la boca un trozo de madera podrida que, en la oscuridad, relucía como el fuego y, precediéndolas, les alumbró por el largo y oscuro túnel; cuando llegaron al punto donde estaba el pájaro muerto, el topo empujó la tierra del techo con su ancha nariz y abrió un agujero grande por el que penetró la luz. En mitad del suelo, yacía una golondrina muerta, con sus hermosas alas replegadas a ambos lados del cuerpo, y las patitas y la cabeza, encogidas bajo las plumas; estaba claro que la pobre había muerto de frío. Pulgarcita sintió mucha pena por ella, pues les tenía gran afecto a los pajarillos, ya que todo el verano le habían dedicado hermosos cantos y trinos, pero el topo le propinó una patada con sus cortas patas y dijo:

—¡Esta ya no piará más! ¡Qué penoso nacer pajarillo! Que Dios no permita que ninguno de mis hijos pase por esos trances; ¡un pájaro no tiene nada aparte de sus trinos y, cuando llega el invierno, se acaba muriendo de hambre!

—Cierto, habéis hablado como el hombre sensato que sois —dijo la ratoncita de campo—. ¿De qué le sirven todos esos trinos a los pájaros cuando llega el invierno? Condenados como están a pasar hambre y frío, ¡y aun así hacen de eso algo grandioso!

Pulgarcita no dijo esta boca es mía, pero cuando los dos dieron la espalda al pájaro, ella se agachó, apartó las alas que le cubrían la cabeza, y besó sus ojos cerrados. «Quizá fuera este el pajarillo que me cantó bellas canciones en verano —pensó—. ¡Y que me hizo tan dichosa, mi querido y hermoso pájaro!»

El topo cerró de nuevo el agujero por el que brillaba la luz del día y acompañó a las damas a su casa. Pero, por la noche, Pulgarcita no podía dormir, así que se levantó y trenzó una manta, preciosa y grande, con heno, la llevó hasta el túnel y con ella abrigó al pájaro muerto. Además, colocó algodón mullido, que encontró en la despensa de la ratoncita, a los lados del cuerpo para que yaciera calentito sobre la fría tierra.

—¡Adiós, hermoso pajarillo! —dijo—. ¡Adiós y gracias por tus deliciosos cantos de verano, cuando todos los árboles estaban verdes y el sol brillaba confortándonos con su calor!

Entonces apoyó la cabeza sobre el pecho de la golondrina y al instante se estremeció, pues algo palpitaba en su interior. Era el corazón del pájaro. La golondrina no estaba muerta, sino que yacía aletargada, y el calor la estaba devolviendo a la vida.

En otoño, las golondrinas vuelan hacia países

cálidos, pero si una queda rezagada, pasa tanto frío que cae como si estuviera muerta, queda inerte donde cayó y la helada nieve la cubre por completo.

Pulgarcita temblaba del susto que había tenido, y es que el pájaro era grande, muy grande en comparación con ella, que no medía más de una pulgada. Sin embargo, se armó de valor, apretó más el algodón alrededor de la pobre golondrina y fue a buscar una hoja de menta que a ella le servía de edredón para taparle la cabeza.

A la noche siguiente, se escapó a escondidas otra vez hasta donde estaba la golondrina y entonces vio que estaba viva del todo, pero extenuada. El pájaro solo pudo abrir los ojos un instante y vio a Pulgarcita allí de pie con un pedazo de madera podrida en la mano a falta de luz con la que alumbrarse.

—¡Muchas gracias, encantadora niñita! —le dijo la golondrina enferma—. ¡El calor me ha confortado muy gratamente! ¡Pronto recuperaré las fuerzas y podré volver a volar con el cálido brillo del sol!

—Oh —dijo—, ¡hace mucho frío afuera, nieva y hiela! Quédate en tu cama calentita, ¡yo te cuidaré!

Entonces le trajo agua en un pétalo de flor y la golondrina bebió y le contó que se había lastimado un ala en un zarzal y por eso no había podido volar tan rápido como las demás golondrinas, que viajaron lejos, muy lejos, hacia las tierras cálidas. Finalmente, había caído al suelo, pero ya no podía recordar nada más y no sabía cómo había llegado hasta allí.

Y todo el invierno permaneció allá abajo. Pulgarcita era buena con ella y la cuidaba amorosamente. Ni el topo ni la ratoncita se enteraron de nada, pues ninguno de los dos soportaba a la pobre y frágil golondrina.

Tan pronto como asomó la primavera y el sol caldeó la tierra, la golondrina se despidió de Pulgarcita, que abrió el agujero hecho por el topo en el techo del túnel. El hermoso sol les cubrió con su brillo y la golondrina le preguntó si quería acompañarla; podría ir sentada a su espalda y volarían lejos por el verde bosque. Pero Pulgarcita sabía que la vieja ratoncita de campo se afligiría si la abandonaba de esta manera.

—No, ¡no puedo! —dijo Pulgarcita.

—¡Adiós, adiós, mi buena y encantadora niña! —se despidió la golondrina y alzó el vuelo hacia la luz.

Pulgarcita se la quedó mirando y sus ojos se cubrieron de lágrimas, tanto la quería a la pobre golondrina.

—¡Pío, pío! —gorjeó el pájaro mientras se adentraba en el verde bosque.

Pulgarcita estaba muy triste. No le permitían salir nunca a la cálida luz del sol y el grano sembrado en el campo que rodeaba la casa de la ratoncita crecía tanto que acabó convirtiéndose en un denso bosque para la pobre niñita, que no medía más de una pulgada.

—¡Ahora que estamos en verano vas a coser tu propio ajuar! —le dijo la ratoncita, porque el vecino, el fastidioso topo con el abrigo de pieles, había pedido su mano—. ¡Tendrás ropa de lana y de hilo! ¡No te faltará de nada cuando seas la mujer del topo!

Pulgarcita tuvo que hilar con el huso y, además, la ratoncita contrató a cuatro arañas para que hilaran y tejieran para ella día y noche. Cada tarde las visitaba el topo y siempre repetía que, a finales de verano, cuando el sol ya no calienta tanto ni abrasa la tierra dejándola dura como una piedra, sí, cuando se acabara el verano, se celebraría la boda. Pero Pulgarcita no se alegraba ni un ápice porque no amaba al fastidioso topo. Cada mañana cuando salía el sol y cada tarde cuando se ponía, se escabullía a escondidas hasta la puerta y, cuando el viento separaba las espigas, veía el cielo azul y pensaba en lo luminoso y bello que era todo aquello, en cuánto deseaba con todas sus fuerzas volver a ver a su amada golondrina, pero esta jamás regresó, pues debió de volar muy lejos por el hermoso bosque verde.

Cuando llegó el otoño, Pulgarcita ya tenía listo su ajuar.

—¡Dentro de cuatro semanas se celebrará tu boda! —le dijo la ratoncita.

Entonces Pulgarcita se echó a llorar y le contestó que no quería al fastidioso topo.

—¡Tonterías! —dijo la ratoncita—. ¡No te hagas la obstinada o te morderé con mi diente blanco! ¡Tendrás un buen mozo por marido! ¡Ni la mismísima reina posee un abrigo negro de pieles como ese! Tiene cocina y la despensa llena. ¡Da gracias a Dios por tu buena suerte!

He aquí que la boda se celebraría. El topo ya había llegado para llevarse a Pulgarcita; iba a vivir con él bajo tierra y nunca más saldría al calor del sol, porque él lo aborrecía. La pobrecita niña estaba muy afligida y, en ese momento, debía despedirse del hermoso sol, pues al menos en casa de la ratoncita tenía permiso para verlo desde la puerta.

—¡Adiós, brillante sol! —dijo, y extendió los brazos al cielo, alejándose unos pasos de la casa de la ratoncita, puesto que para entonces el grano ya se había cosechado y solo quedaban allí los enormes rastrojos—. ¡Adiós, adiós! —repitió. Y rodeó con sus bracitos la florecilla roja que allí crecía—. ¡Saluda a la golondrinita de mi parte si la ves!

—¡Pío, pío! —escuchó sobre su cabeza en ese momento, y alzó la vista: era la golondrinita, que en ese preciso instante pasaba por allí y, al ver a Pulgarcita, se puso muy contenta.

La niña le dijo lo desdichada que era por tener que casarse con el feo topo y vivir bajo tierra, donde nunca lucía el sol. No podía contener las lágrimas mientras se lo contaba.

—Ahora vendrá el frío invierno —dijo la golondrinita— y volaré lejos, hacia las tierras cálidas. ¿Quieres venir conmigo? ¡Puedes ir sentada a mi espalda! Solo tienes que atarte bien fuerte con tu cinturón y nos alejaremos del feo topo y su oscuro salón. Volaremos muy lejos por encima de las montañas hacia las tierras cálidas, donde el brillo del sol todavía es más hermoso que aquí, donde siempre es verano y hay hermosas flores. ¡Vuela conmigo, dulce Pulgarcita, me salvaste la vida cuando yo yacía congelada en aquel tenebroso subterráneo!

—Sí, ¡iré contigo! —dijo Pulgarcita.

Luego se sentó en la espalda del pájaro, con los pies apoyados en las anchas alas desplegadas, ató su cinturón a una de las plumas más robustas y la golondrina echó a volar remontando el aire por encima de bosques y mares y, aún más alto, por encima de grandes montañas siempre cubiertas de nieve. Pulgarcita se helaba con el roce de ese aire congelado, pero se sumergió en las cálidas plumas de la golondrina y asomaba solo su cabecita para poder disfrutar de las maravillas bajo sus pies.

Y he aquí que llegaron a las tierras cálidas donde brillaba el sol con mucha más fuerza. El cielo era el doble de alto y en las zanjas de los caminos y en los vallados crecían las más deliciosas uvas blancas y negras. En los bosques colgaban naranjas y limones de los árboles, y por doquier había fragancia de mirtos y menta. Por los caminos correteaban los niños más hermosos que jamás se hayan visto, jugando con grandes mariposas multicolores. Pero la golondrina todavía voló más lejos, hasta donde todo era cada vez más y más bello. Debajo de los preciosos árboles verdes y junto al azulado mar había un antiguo castillo de mármol donde las vides se enrollaban alrededor de los altos pilares; en lo más alto había muchos nidos de golondrina y en uno vivía la que llevaba a Pulgarcita.

—Esta es mi casa —le dijo la golondrina—. Pero ahora escogerás por ti misma una de las espléndidas flores que crecen allá abajo, yo te bajaré y ¡allí estarás la mar de bien!

—¡Estupendo! —respondió la niña, y batió palmas con sus manitas.

Había allí una blanca columna de mármol que se había desplomado y estaba rota en tres trozos, entre los cuales crecían las más bellas flores, que eran grandes y blancas. La golondrina descendió con Pulgarcita y la depositó en la que tenía los pétalos más grandes; pero ¡vaya sorpresa se llevó entonces! En mitad de la flor había un hombrecito sentado, tan blanco y transparente que parecía de cristal; llevaba en la cabeza la más hermosa de las coronas y, en la espalda, unas preciosas alas transparentes. No era de mayor tamaño que Pulgarcita.

Se trataba del ángel de las flores. En cada una de ellas vivía un hombrecito o una mujercita, y él era el rey de todos.

—¡Dios santo, qué hermoso es! —susurró Pulgarcita a la golondrina.

El principito se llevó un buen susto al ver la golondrina, pues era un pájaro enorme en comparación con él, tan delicado y pequeño; pero al ver a Pulgarcita saltó de alegría: era la muchachita más bella que había visto jamás. Por eso cogió su corona y se la puso a Pulgarcita, le preguntó cómo se llamaba y si quería ser su esposa, y convertirse entonces en ¡la reina de todas las flores! Oh, sí, qué distinto era del hijo de la vieja madre sapo y del topo con el abrigo negro de pieles. Por eso le dijo que sí al hermoso príncipe. Entonces, de cada flor salió una dama o un caballero, tan gentiles que era un gozo verlos, y cada uno le trajo un regalo a Pulgarcita, pero el mejor de todos fue un par de bellas alas que le ofreció una gran mosca blanca. Se las colocaron a la espalda y entonces ella también pudo volar de flor en flor. Hubo un gran regocijo y la golondrinita, en su nido, les cantó lo mejor que supo, pero en su corazón albergaba tristeza porque le tenía mucho cariño a Pulgarcita y no querría separarse nunca de ella.

—Ya no te llamarás Pulgarcita —le dijo el ángel de las flores—. Es un nombre muy feo y tú eres muy hermosa. ¡Te llamaremos Maya!

—Adiós, adiós —dijo la golondrinita, y de nuevo se marchó de las tierras cálidas.

Voló muy muy lejos, hasta Dinamarca, donde tenía su nidito encima de la ventana de la casa del hombre que cuenta cuentos, a quien la golondrina le cantó este pío, pío y así es como conocemos nosotros esta historia.

La Sirenita

En medio del océano, el agua es tan azul como los pétalos de una maravillosa campanilla y tan transparente como el más puro cristal. Es muy profunda, más profunda de lo que pueda alcanzar ninguna cadena de un ancla y habría que poner muchos campanarios uno encima del otro para llegar desde el fondo hasta la superficie del mar. Ahí es donde vive el pueblo del mar.

No debéis pensar que allí abajo solo se encuentra un fondo con arena blanca sin más, no, no, allí crecen los árboles y las plantas más extrañas, con tallos y hojas tan flexibles que, con el menor movimiento del agua, se agitan como si estuviesen vivos. Todos los peces grandes y pequeños entran y salen de entre las ramas al igual que aquí arriba lo hacen los pájaros en el aire. Y en el lugar más profundo de todos está el Palacio del Rey del Mar. Sus muros son de coral y las altas y puntiagudas ventanas son de un ámbar transparente, transparente. El tejado está formado por conchas que se abren y cierran según se mueve el agua y su aspecto es increíble porque cada una contiene una perla brillante. Tan solo una de ellas sería un adorno fabuloso hasta en la corona de una reina.

El Rey del Mar hacía muchos años que era viudo, pero su anciana madre le llevaba la casa. Esta era una señora muy sabia, aunque muy orgullosa de su estirpe, y por eso lucía doce ostras en su cola. Las demás nobles solo podían llevar seis. Por lo demás solo se merecía grandes elogios, especialmente porque quería muchísimo a las pequeñas Princesas del Mar, sus nietas. Eran seis niñas preciosas, aunque la más joven era la más guapa de todas. Su tez era tan transparente y rosada como los pétalos de una rosa y tenía los ojos tan azules como el lago más profundo. Pero, al igual que las otras no tenía pies, su cuerpo terminaba en una cola de pez.

Todos los días, las niñas jugaban en Palacio, en los grandes salones donde las flores vivas brotaban de las paredes. Si abrían los grandes ventanales de ámbar entraban allí los peces como lo hacen aquí las golondrinas cuando nosotros abrimos la ventana de casa. Pero los peces se acercaban directamente a las pequeñas princesas, comían de su mano y se dejaban acariciar.

Fuera del palacio había un jardín grande con árboles de color azul oscuro y de un rojo muy vivo. Sus frutos brillaban como el oro y las flores lo hacían como una hoguera, ya que los tallos y las hojas siempre se movían. El suelo era de la arena más fina, pero de color azul, como las llamas del azufre. Todo estaba envuelto en un extraño resplandor azul que le hacía a uno sentirse como si estuviera en el aire, rodeado de un cielo azul tanto por arriba como por abajo, en lugar de estar en el fondo del mar. Cuando no soplaba nada de viento se entreveía el sol, parecía una flor de color púrpura de cuyo cáliz manaba toda aquella luz.

Cada princesa tenía una pequeña huerta en el jardín donde podía cavar y plantar lo que quisiera. Una de ellas le dio la forma de una ballena a su huertecita, otra prefería que la suya se pareciera a una sirenita. Pero la más joven le dio a la suya la forma redonda del sol y solo plantaba flores de un color rojo brillante como él. Era una niña extraña, calladita y pensativa. Sus hermanas decoraban sus huertas con las cosas más extrañas recogidas de los barcos que se habían hundido, pero ella, aparte de las flores rojas que se parecían al sol y que había allí en lo alto, simplemente quiso una estatua de mármol de un niño hermoso, esculpido en una piedra blanca y brillante, y que había terminado en el fondo del mar después de un naufragio. Junto a la escultura plantó un sauce llorón, también de color rojo. Creció de maravilla y sus frescas ramas colgaban encima de la estatua y casi llegaban hasta el fondo de arena azul. Allí la sombra se movía en reflejos color violeta y era como si la copa y las raíces jugaran a besarse.

A la princesa nada le daba mayor satisfacción que oír hablar sobre el mundo de los humanos allá arriba. A su anciana abuela le hacía contar todo lo que sabía sobre los barcos y las ciudades, los seres humanos y los animales. Le parecía especialmente maravilloso que en tierra firme las flores desprendieran olores porque eso no ocurría en el fondo del mar. Y también que los bosques fueran verdes y que los peces que se percibían entre las ramas can-

tasen alto y maravillosamente. La abuela llamaba «peces» a los pájaros porque, si no, no le iban a entender, ya que nunca habían visto un pájaro.

—Cuando cumpláis quince años —dijo la abuela—, se os permitirá salir del mar y sentaros en los arrecifes a la luz de la luna para ver pasar los grandes barcos y mirar los bosques y las ciudades.

Al año siguiente, la mayor de las hermanas cumpliría los quince, pero como todas se llevaban un año, a la menor todavía le quedaban cinco para poder subir del fondo del mar a ver cómo era este mundo nuestro. Las hermanas se prometieron que se contarían lo que vieran y lo que encontraran más maravilloso el primer día que subieran, porque todo lo que les contaba la abuela no les parecía suficiente. Había tantas cosas sobre las que querían saber más...

Ninguna era tan ansiosa como la más pequeña, justamente la que más tiempo tenía que esperar, la que era calladita y pensativa. Durante muchas noches miraba hacia arriba por la ventana abierta a través del agua azul oscuro por la que los peces nadaban agitando sus aletas y la cola. Veía la luna y las estrellas, es verdad que a través del agua parecían algo pálidas, pero por otra parte se las veía más grandes de lo que se presentan ante nuestros ojos. Si una especie de nube negra se deslizaba por debajo de ellas, sabía que o era una ballena que nadaba en lo alto o un barco con muchas personas dentro. Seguro que ellos no se paraban a pensar que, allí abajo, había una hermosa sirenita que estiraba sus blancas manos hacia la quilla.

Al pasar un año, pues, la mayor cumplió quince años y pudo subir a la superficie del mar.

Cuando volvió tenía cientos de cosas que contar, pero lo que más le había gustado era tumbarse en un banco de arena a la luz de la luna en el tranquilo mar y que está cerca de la costa. Desde allí podía mirar la gran ciudad con sus luces, que centelleaban como centenares de estrellas, y oír la música y los ruidos de los carruajes y de las personas, ver los muchos campanarios y agujas de las iglesias y escuchar el tañido de las campanas. Precisamente porque la pequeña no podía subir a ver todo esto, todo aquello la atraía aún más.

¡Oh, con qué atención escuchó la hermana pequeña! Más tarde, por la noche, cuando desde la ventana abierta miraba hacia arriba a través del agua azul, pensaba en la gran ciudad con todos sus ruidos y bullicios y hasta le pareció oír las campanas de las iglesias repicar en su honor.

Al año siguiente le dieron permiso a la segunda hermana para subir y nadar adonde quisiese. Se asomó del agua justo cuando se estaba poniendo el sol y ese espectáculo fue para ella el más maravilloso. «Todo el cielo parecía de oro», dijo. Y las nubes, tan indescriptiblemente hermosas, rojas y violetas, pasaban por encima de ella. Mucho más rápido que ellas, como un largo velo blanco, una bandada de cisnes salvajes pasó por encima del agua justo donde se reflejaba el sol. Ella se acercó nadando hasta allí, pero se puso el sol y el fulgor rojo se apagó en la superficie del mar y en las nubes.

Un año después subió la tercera hermana. Era la más atrevida de todas y se metió nadando por un ancho río que desembocaba en el mar. Vio colinas verdes con viñedos y castillos y granjas escondidos en los magníficos bosques. Oyó como cantaban los pájaros y el sol brillaba y le dio tanto calor que tuvo que sumergirse muchas veces en el agua para refrescarse el rostro enrojecido. En una pequeña cala se encontró con un grupo de niñitos desnudos que chapoteaban en el agua. Quiso jugar con ellos, pero se asustaron y salieron corriendo. Después se acercó un animal negro (era un perro, pero ella no había visto nunca ninguno hasta ese momento). Este ladró furioso y la sirena sintió miedo y se refugió en el mar abierto. Pero nunca olvidaría los magníficos bosques, las colinas verdes y los lindos niños que sabían nadar en el agua a pesar de no tener cola.

La cuarta hermana no era tan atrevida, se quedó en medio del mar bravo y contó que justamente eso era lo más maravilloso. Se veía a muchas millas a la redonda y el cielo, arriba, parecía una campana de cristal. Había visto barcos, pero muy lejos, parecían gaviotas. Los divertidos delfines habían hecho volteretas y las enormes ballenas habían lanzado agua por la nariz, parecía que la rodeaban cientos de surtidores.

Luego le llegó el turno a la quinta hermana. Su cumpleaños caía en invierno y, por eso, ella vio por primera vez algo que las demás no habían podido presenciar. El mar era de color verde y en él nadaban los grandes icebergs. Cada uno parecía una perla, según dijo. Sin embargo, eran mucho más grandes que los campanarios que construían los seres humanos. Aparecían en forma de asombrosas figuras y resplandecían como diamantes. Se había sentado en uno de los más grandes con el largo pelo revoleando en el viento y vio que todos los veleros lo esquivaban asustados. Por la noche se nubló el cielo y hubo rayos y truenos mientras el negro mar levantaba los enormes bloques de hielo a gran altura y los dejaba flamantes a la luz de los rojos relámpagos. Todos los barcos arriaron velas, hubo mucho miedo y pánico, pero ella siguió tranquilamente en su iceberg flotante y admiró cómo un rayo azul trazaba una línea en zigzag sobre el mar iluminado.

La primera vez que una de las hermanas subía a la superficie del agua quedaba entusiasmada con lo nuevo y bello que había visto, pero ahora que eran adultas y tenían permiso para subir cuando quisiesen, ya no le daban tanta importancia y echaban de menos su hogar. Al cabo de un mes acababan pensando que mejor que allí abajo donde vivían no se estaba en ningún otro sitio, allí se sentían como en casa.

Muchas tardes, las cinco hermanas se cogían del brazo y subían en fila hasta fuera de la superficie del mar. Tenían unas voces bellísimas, más que las de ningún ser humano, y cuando se acercaba una tempestad y pensaban que los barcos podrían naufragar, se ponían a nadar delante de esos buques cantando maravillosamente sobre lo agradable que era el fondo del mar y pedían a los navegantes que no tuviesen miedo de bajar hasta allí. Pero estos no comprendían sus palabras, pensaban que era la tempestad la que sonaba; y además, de todas formas, nunca verían esas maravillas porque, cuando un barco se hundía, las personas se ahogaban y llegaban muertas al Palacio del Rey del Mar.

Esas tardes, pues, cuando sus hermanas subían por el mar cogidas del brazo, la más pequeña quedaba atrás sola, mirándolas. Parecía que iba a empezar a llorar, pero las sirenas no tienen lágrimas y por eso sufren más aún.

—Ay, ojalá tuviera quince años —dijo—. ¡Sé que me encantará ese mundo de ahí arriba y las personas que lo construyen y viven allí!

Por fin llegó el momento y cumplió los quince años.

—Mira, ya te hemos criado —dijo su abuela, la anciana reina madre—. Ven conmigo, voy a engalanarte como hice con cada una de tus hermanas.

Le puso una corona de lirios blancos en el cabello y cada pétalo de la flor estaba formado por la mitad de una perla. La anciana mandó a ocho ostras grandes agarrarse a la cola de la princesa para mostrar su alto rango.

—¡Ay, cómo duele! —exclamó la sirenita.

—Sí, para estar guapa hay que sufrir un poco —dijo la abuela.

Cómo le hubiera gustado a la pequeña retirar todos los adornos y dejar esa pesada corona. Le gustaban mucho más las flores rojas de su jardín, pero no se atrevía a rehacer los adornos.

—¡Adiós! —se despidió, y subió ágil y ligera por el agua, como una burbuja.

El sol acababa de ponerse cuando ella asomó la cabeza por encima del mar, pero todas las nubes seguían brillando como las rosas y el oro, y en medio de ese aire rojo pálido, el lucero vespertino brillaba claro y maravilloso. El aire era suave y fresco, y el mar estaba en calma. Ahí había un barco grande con tres palos, pero solo uno de ellos llevaba velas porque no había ni un soplo de brisa y los marineros descansaban entre cordajes y vergas. Así que hubo música y canciones y, conforme se hacía de noche, se encendieron cien linternas multicolores: parecía que las banderas de todas las naciones ondeaban en el aire. La sirenita se acercó nadando a un ojo de buey y, cada vez que el agua la levantaba, conseguía mirar por el cristal transparente. Allí dentro vio a mucha gente elegante, pero el más guapo de todos era el joven príncipe de grandes ojos negros. No parecía tener mucho más de dieciséis años y era su cumpleaños, de ahí todo aquel alboroto. Los marineros bailaban en la cubierta y, cuando el joven príncipe se acercó a ellos, más de cien cohetes se elevaron por el aire. Iluminaron todo como si fuese de día y la sirenita se asustó y se sumergió en el agua. Pero pronto volvió a sacar la cabeza y en ese momento tuvo la impresión de que todas las estrellas del cielo estaban cayendo sobre ella. Jamás había visto fuegos artificiales: grandes soles giraban, bellísimos peces de fuego serpenteaban por el aire azul y todo se reflejaba en el transparente mar. Y en el mismo barco había tanta luminosidad que se veía cada cabo y cada persona. Oh, qué hermoso parecía el joven príncipe. Le daba la mano a todo el mundo, reía y sonreía mientras la música resonaba en aquella maravillosa noche.

Se hacía tarde, pero la sirenita no podía apartar los ojos del barco y del apuesto príncipe. Las linternas de colores se apagaron, los cohetes dejaron de volar y ya no sonaron más salvas de cañón, aunque en la profundidad del mar se oían zumbidos y murmullos. Mientras tanto, la sirenita se columpiaba en el agua, arriba y abajo, lo que le permitía mirar al interior del camarote. Pero el barco iba cogiendo cada vez más velocidad y una vela tras otra se hinchó. Ahora las olas eran más altas, aparecieron grandes nubes y a lo lejos estaba relampagueando. Ay, se estaba levantando una terrible tempestad, por eso los marineros empezaron a arriar las velas. El barco grande se balanceaba a enorme velocidad sobre el mar embravecido y el agua se elevaba como grandes montañas negras que querían derribar el mástil. Pero la embarcación se zambullía como un cisne entre las altas olas y volvía a alzarse por entre las montañas de agua. A la sirenita hasta le divertía esa velocidad, pero a los marineros no. El barco crujía y chirriaba, las gruesas tablas se doblaban con los fuertes golpes y el mar que se metía en el barco. Finalmente se partió el mástil, como si fuera una caña, y el barco se inclinó mientras el mar se metía dentro del casco. La sirenita se dio cuenta entonces de que la gente estaba en peligro; de hecho, ella misma debía tener cuidado con las maderas y los fragmentos del barco que flotaban en el agua. Por unos instantes todo se puso tan oscuro como el carbón y no pudo ver nada, pero, al estallar otro relámpago, todo se iluminó y pudo reconocer a los del barco. Cada uno se agitaba queriendo salvarse como podía. Ella buscaba especialmente al joven príncipe y, cuando el casco del barco se partió en dos, lo vio desaparecer en el profundo mar. Al principio, la sirenita se alegró porque ahora estaría donde vivía ella, pero luego se acordó de que los seres humanos no pueden vivir en el agua y que él solo podría llegar al palacio de su padre una vez muerto. No, no, no podía morir. Se le acercó nadando entre los leños y las tablas que flotaban en el mar, olvidándose de que podrían aplastarla a ella. Se hundía entre las olas y volvía a aparecer y al final alcanzó al joven príncipe que ya casi no podía mantenerse a flote en el agitado mar. Los brazos y las piernas se le empezaban a debilitar y sus bellos ojos se cerraban. Si la sirenita no hubiese llegado a alcanzarlo, habría muerto: esta le mantuvo la cabeza por encima del agua y dejó que las olas los llevasen donde quisiesen.

A la mañana siguiente el mal tiempo cesó, pero ya no había el menor rastro del barco. El sol se levantó rojo y brillante del agua y parecía aportar un soplo de vida a las mejillas del príncipe, pero sus ojos seguían cerrados. Entonces, la sirenita le apartó el pelo mojado de su hermosa frente y la besó. Le parecía que era como la estatua de mármol que ella tenía en su jardín y volvió a besarlo entonces, deseando que pudiese vivir.

Ante ella apareció ahora tierra firme, unas altas montañas azules en cuyas cumbres brillaba la blanca nieve y que parecían unos cisnes acostados. Abajo, cerca de la costa, veía unos magníficos bosques verdes y, más cerca aún, se erguía una iglesia o un monasterio, no estaba segura, pero sí de que era un edificio. En su jardín crecían limoneros y naranjos, además de unas altas palmeras que se levantaban delante del portal. El mar formaba aquí una pequeña cala; las aguas estaban en calma, pero eran muy profundas, incluso a los pies del acantilado, donde la fina y blanca arena arrastrada había formado una pequeña playa. La sirenita se dirigió nadando hacia ella junto con el hermoso príncipe y lo acostó sobre la arena con mucho cuidado para que la cálida luz del sol le diera en la cabeza.

Empezaron a sonar entonces las campanas del gran edificio blanco y aparecieron muchas chicas jóvenes. La sirenita quiso alejarse de allí y nadó hasta esconderse detrás de unas grandes rocas que había en medio del mar. Se puso espuma del agua en el pelo y el pecho para que nadie viera su carita y desde allí se fijó en quién se acercaba al pobre príncipe.

Poco después de esto se aproximó una joven. Al principio pareció asustarse muchísimo, pero esto solo duró un momento, y luego hizo venir a otros seres humanos. La sirenita vio que el príncipe volvía en sí y que sonreía a los que estaban alrededor de él. Pero no le sonrió a ella, pues no sabía que lo había salvado. La sirenita se sintió muy triste entonces y, cuando llevaron al príncipe hasta el gran edificio, se sumergió apenada en el agua y volvió al palacio de su padre.

La joven siempre había sido calladita y pensativa pero esto lo agudizó aún más. Sus hermanas le preguntaron qué había visto en su primera vez allá arriba, pero no les contó nada.

Muchas tardes y muchas mañanas subía donde había dejado al príncipe. Vio cómo maduraban los frutos del jardín y cómo los recogían, y también cómo desaparecía la nieve en las altas montañas. Pero al príncipe no lo vio y cada vez volvía más triste a casa. Su único consuelo era sentarse en su pequeño jardín y abrazar a la hermosa estatua de mármol que se parecía al joven. Pero ya no se ocupaba de las flores, que se fueron extendiendo como maleza, llegaron a cubrir los pasillos y entrelazaban sus largos tallos y las hojas entre las ramas de los árboles hasta que todo quedaba envuelto en oscuridad. Al final, la sirenita ya no pudo aguantarlo más y se lo contó a una de sus hermanas. En seguida las demás también lo supieron. Pero solo ellas y un par de otras sirenitas que no se lo dijeron más que a sus amigas más íntimas. Y una de ellas sabía quién era el príncipe, pues también había visto la fiesta del barco. Sabía de dónde era y en qué lugar estaba su reino.

—¡Ven, hermanita! —dijeron las otras princesas.

Y, cogidas de los brazos, subieron a la superficie formando una larga fila hasta donde sabían que estaba el palacio del príncipe.

Este estaba construido con una especie de piedra brillante de color amarillo claro y tenía unas grandes escalinatas de mármol. Una de ellas llegaba hasta el mar. Se elevaban unas fantásticas cúpulas doradas sobre el tejado y, entre las columnas que rodeaban todo el edificio, había unas estatuas de mármol que parecían vivas. A través del transparente cristal de las altas ventanas se veían unas espléndidas salas donde colgaban valiosos cortinajes y tapices de seda. Todas las paredes estaban decoradas con hermosas pinturas de gran tamaño que producían un gran placer a la vista. En medio del salón más grande se veía un surtidor negro. Sus chorros de agua se elevaban hasta la cúpula de cristal que dejaba entrar los rayos del sol. Estos llegaban hasta el agua y las hermosas plantas que crecían en el precioso estanque.

Ahora, la sirenita ya sabía dónde vivía el príncipe, y muchas tardes y muchas noches se acercaba hasta allí. Llegaba mucho más cerca de la tierra de lo que se había atrevido ninguna de las demás, e incluso se adentraba en el pequeño canal debajo de la suntuosa terraza de mármol que arrojaba su sombra sobre el agua. Allí se quedaba mirando al joven príncipe, que se creía solo a la clara luz de la luna.

Muchas tardes lo vio navegar en su precioso barco. De él salía música y llevaba unas banderas que se ondeaban al viento. La sirena se asomaba entre los juncos verdes y, si alguien se diera cuenta mientras el viento le movía su largo velo plateado, pensaría que era un cisne que alzaba las alas.

Muchas noches, cuando los pescadores estaban en el mar faenando con sus luces, la sirenita los oía contar muchas cosas bonitas sobre el joven príncipe y se alegraba mucho de haberle salvado la vida cuando flotaba, medio muerto, entre las olas. Recordaba la cabeza del príncipe reposando en su pecho y la ternura con la que ella le había besado. Pero él no sabía nada de todo esto, ni siquiera podía soñar con ella.

A la sirenita cada vez le gustaban más los seres humanos y estaba más deseosa de subir a la superficie para vivir con ellos; le parecía que ese mundo era mucho más grande que el suyo. Los humanos eran capaces de volar sobre el mar en sus barcos, subir a las altas montañas muy por encima de las nubes y sus tierras, con sus bosques y campos, se extendían mucho más lejos de lo que ella alcanzaba a ver. Había tantas cosas que ella quería saber, pero a las que sus hermanas no supieron contestarle, y por eso preguntó a su anciana abuela. Ella sí que sabía del mundo superior, pues así era como ella llamaba a las tierras por encima del mar.

—Ya que los seres humanos no se ahogan, ¿es que viven para siempre? ¿No se mueren como nosotros aquí abajo? —preguntó la sirenita.

—Claro que sí —dijo la anciana—. Ellos también fallecen y su tiempo de vida es incluso más corto que el nuestro. Nosotros podemos llegar hasta los trescientos años de vida, pero, cuando dejamos de existir, nos convertimos en espuma de mar, ni siquiera tenemos una tumba entre los nuestros. Tampoco tenemos un alma inmortal, ni otra vida. Somos como el junco verde que, una vez que se ha cortado, no vuelve a brotar. Sin embargo, los seres humanos tienen un alma que vive siempre, incluso después de que el cuerpo se haya convertido en polvo y se eleve hasta las brillantes estrellas por el aire claro. Al igual que nosotros salimos del mar para ver las tierras de los humanos, así suben ellos a maravillosos lugares desconocidos que nosotros nunca llegaremos a ver.

—Y nosotros, ¿por qué no tenemos un alma inmortal? —preguntó triste la sirenita—. Yo daría los trescientos años enteros que me tocarán vivir, por un solo día como ser humano y poder formar parte después de ese mundo celestial.

—No pienses eso —dijo la anciana—, nosotros somos más felices y lo pasamos mejor que las personas allá arriba.

—¿Entonces, yo voy a morir y tendré que flotar como espuma en el mar sin escuchar la música de las olas ni tampoco ver las hermosas flores y el rojo sol? ¿No hay nada que pueda hacer para ganar un alma eterna?

—No —contestó la abuela—. Solo si un humano te ama y llegas a ser para él más importante que su padre y su madre, si vuelca todo su pensamiento y su amor en ti y un sacerdote pone su mano derecha sobre la tuya y os hacéis la promesa de fidelidad por los siglos de los siglos, solo entonces su alma pasaría a tu cuerpo y entonces participarías en la felicidad de los humanos. Él te pasaría su alma, pero a la vez la conservaría para él. Pero ¡algo así nunca podrá ocurrir! Además, lo que precisamente resulta magnífico aquí en el mar, tu cola, allá arriba en la tierra lo encuentran horrible. No lo entienden. Piensan que hace falta tener dos torpes postes, que ellos llaman «piernas», para estar guapa.

La sirenita dio un profundo suspiro y miró con gran tristeza su cola.

—Alegrémonos —dijo la anciana—. Saltemos

y corramos durante los trescientos años que nos tocarán de vida. Es tiempo suficiente: después podremos descansar más alegres. ¡Y esta noche hay baile en palacio!

Un lujo como el que allí había no se ve jamás en la tierra: las paredes y el techo en el gran salón de baile eran de un cristal grueso pero transparente, y centenares de formidables conchas, rojas como las rosas y verdes como la hierba, formaban filas a cada lado de un fuego azul que iluminaba toda la sala y brillaba a través de las paredes, de manera que el mar relucía también fuera. Se veían innumerables peces grandes y pequeños que se acercaban nadando al muro cristalino; en algunos, las escamas brillaban con un rojo púrpura, mientras que otras parecían de plata y oro. En la corriente que atravesaba toda la sala bailaban tritones y sirenas al son de los primorosos cantos que entonaban ellos mismos con unas voces tan preciosas que no se encuentran entre los humanos en la tierra.

La sirenita era la que más maravillosamente cantaba. La aplaudieron y por un momento sintió alegría en su corazón porque sabía que tenía la voz más hermosa de todos, tanto en la tierra como el mar. Pero enseguida volvió a acordarse del mundo que tenía encima de ella: no podía olvidar al hermoso príncipe ni su pena por no tener como él un alma inmortal. Por eso salió a escondidas del palacio de su padre y mientras todo allá dentro era alegría y canto, ella se quedó triste en el jardincito. De repente oyó sonar cuernos de caza a través del agua y pensó: «Ahora estará navegando allí arriba la persona a la que yo más amo, más que a mi padre y más que a mi madre, en la que vuelco todos mis pensamientos y en cuya mano yo pondría la felicidad de mi vida. Lo arriesgaré todo para conseguirlo a él y a un alma inmortal. Mientras mis hermanas bailan en el palacio de mi padre, yo buscaré a la bruja del mar. Siempre le he tenido mucho miedo, pero quizá pueda darme consejos y ayudarme».

Salió del jardín y se dirigió a los bramantes remolinos tras los cuales vivía la bruja. Nunca antes había recorrido ese camino; allí no crecían ni flores ni algas marinas, solamente se extendía el desnudo fondo de arena gris hacia los remolinos donde el agua, como si fuera una rueda de molino, daba vueltas y arrastraba a las profundidades todo lo que estuviera a su alcance. Para acercarse a los dominios de la bruja del mar tuvo que atravesar estos vertiginosos remolinos y, durante un buen trecho, el único camino posible pasaba por encima de una zona de burbujeante fango caliente que la bruja llamaba su «turbera». Detrás de ella estaba la casa de la bruja, en medio de un extraño bosque. Allí, todos los árboles y los arbustos eran pólipos, medio animales medio vegetales. Parecían serpientes de cien cabezas que brotaban del suelo. Las ramas eran unos largos brazos viscosos con dedos como gusanos flexibles y cada falange se movía desde la raíz hasta la punta. Todo lo que podían agarrar en el mar lo capturaban y luego no lo volvían a soltar. La sirenita estaba aterrada y se quedó allí plantada con el corazón latiéndole a toda velocidad del miedo. Poco le faltaba para darse la vuelta y alejarse de allí, pero pensar en el príncipe y en el alma de los seres humanos le inspiró valor. Sujetó su largo pelo ondulante a la cabeza para que los pólipos no lo agarrasen, juntó las dos manos en el pecho y cruzó a toda velocidad, como puede hacerlo un pez, entre los horribles pólipos que extendían sus correosos brazos y dedos hacia ella. Vio cientos de pequeños brazos y cada uno de ellos agarraba algo que había atrapado, lo sujetaban como en un puño de hierro: seres humanos ahogados en el mar y hundidos hasta allí aparecían como blancos esqueletos entre los brazos de los pólipos. Sujetaban timones y arcones; esqueletos de animales terrestres, e incluso una pequeña sirena a la que habían atrapado y ahogado. Esto último casi fue lo más terrible de todo lo que vio.

Luego llegó a un amplio claro baboso en el bosque donde se revolcaban unas asquerosas culebras regordetas, enseñando sus vientres amarillos y blancos. En medio del claro había una casa construida con los huesos de los humanos naufragados, ante la que estaba la bruja. Esta permitía que un sapo comiera de su boca, tal como algunos humanos dejan a los canarios picotearles un terrón de azúcar. A las repugnantes culebras las llamaba «pequeños pollitos» y las dejaba enredarse encima de su ancho pecho lleno de hongos.

—Ya sé lo que quieres de mí —le dijo la bruja del mar—. ¡Es una gran estupidez! Pero, aun así, te saldrás con la tuya porque te llevará a una verdadera desgracia, princesa mía. Quieres deshacerte de tu cola de pez y cambiarla por los dos muñones que usan para andar los humanos. ¡Todo para que el príncipe se enamore de ti y tú consigas un alma inmortal! —La bruja se rio tan alto y de manera tan repugnante que el sapo y las culebras cayeron al suelo y siguieron retorciéndose allí—. Llegas justo a tiempo —continuó la bruja—. Si hubieras venido mañana, después de salir el sol, ya no podría ayudarte hasta que pasara otro año. Pero ahora te prepararé una poción y con ella, de madrugada, tienes que nadar hasta llegar a tierra firme, donde te sentarás en la orilla. Allí tomarás ese bebedizo y tu cola se dividirá en dos y se reducirá a lo que los humanos llaman unas bonitas piernas. Pero te dolerá, será como si te atravesara una espada afilada. Sin embargo, todo el que te vea dirá que eres la joven humana más hermosa que hayan visto jamás. Mantendrás tu bella forma de moverte y ninguna bailarina lo hará con tanta gracia como tú, pero sentirás cada paso que des como si pisaras un cuchillo y, además, te hará sangrar. ¿Estás dispuesta a sufrir eso? Si es así, entonces te ayudaré.

—Lo estoy —contestó la sirenita, le temblaba la voz. Pensaba en el príncipe y en conseguir un alma inmortal.

—Pero no te olvides: una vez que hayas adoptado la forma humana, no podrás volver a convertirte en sirena. No podrás bajar de nuevo al palacio para ver a tus hermanas y a tu padre, y si no consigues que el príncipe te ame de una forma que le haga olvidar a sus padres, que vuelque todos sus pensamientos en ti y que deje que el sacerdote junte vuestras manos para convertiros en marido y mujer, ¡no obtendrás un alma inmortal! Si se casa con otra, a la mañana siguiente se te romperá el corazón y te convertirás en espuma de mar.

—Así lo deseo —dijo la sirenita, pálida como la muerte.

—Además, vas a tener que pagarme, y no es poco lo que voy a pedirte. Tu voz es la más hermosa que existe y creerás que con ella lo podrás cautivar. Pero ¡tienes que entregármela a mí! ¡Mi precio por la pócima es que me des lo más valioso que tienes, pues en ella dejaré mi propia sangre para que la bebida sea tan eficaz como una espada de doble filo!

—Pero si te cedo mi voz, ¿qué me quedará a mí?

—Tu preciosa figura, tu bella forma de andar y tus expresivos ojos. Con eso serás capaz de hechizar un corazón humano. Ahhh, ¿veo que te desanimas? Venga, ¡saca esa pequeña lengua y te la cortaré como pago por mi poderoso bebedizo!

—¡Que así sea! —dijo la sirenita, y la bruja puso agua a calentar en un puchero para preparar la pócima mágica.

—La limpieza es algo bueno —dijo la bruja, y se puso a fregar la olla con las culebras, que había atado en un nudo.

Luego se hizo un pequeño corte en el pecho y dejó gotear su negra sangre al interior del puchero. El vapor que emanó del fondo adoptó las formas más extrañas, que inspiraban miedo y terror a cualquiera que las viese. Cada poco la bruja echaba cosas nuevas al puchero y, cuando todo estuvo hirviendo, se parecía a cuando llora un cocodrilo. Terminó de preparar la bebida, que ahora era transparente como el agua.

—¡Ahí la tienes! —dijo la bruja, y le cortó la lengua a la sirenita.

Ahora era muda: ya no podía ni cantar ni hablar.

—Si los pólipos te agarran cuando vuelvas por mi bosque, no tienes más que echarles una sola gota de la pócima, eso hará que sus brazos y dedos salten en mil pedazos.

Pero a la sirenita no le hizo falta esto porque los pólipos se apartaron asustados de ella al ver la luminosa bebida que brillaba en su mano como si fuese una estrella centelleante. Así pudo volver rápidamente a través del bosque, la zona fangosa y los bramantes remolinos.

Vio a lo lejos el palacio de su padre. Ya se habían apagado las luces en el gran salón de baile, ya todos estarían dormidos. No se atrevió a acercarse a ellos ahora que era muda e iba a dejarlos para siempre. Sintió que se le rompía el corazón de la pena que sentía. Entró con mucho cuidado en su jardín, cogió una rosa de la huerta de cada una de sus hermanas y lanzó con la mano miles de besos hacia el palacio. Después ascendió por el mar azul oscuro.

Aún no había salido el sol cuando vio el palacio del príncipe y subió por la espléndida escalinata de mármol. La hermosa luna brillaba con gran claridad. La sirenita tomó la ardiente y picante bebida y fue como si una espada de doble filo atravesara su frágil cuerpo. Se desmayó y quedó como muerta. Cuando el sol ya lanzaba sus rayos sobre el mar se despertó. Sintió un dolor agudo, pero justo delante de ella estaba el joven y apuesto príncipe, que fijaba sus negros ojos en ella. La sirenita bajó entonces la mirada y vio que había desaparecido la cola de pez y que tenía las piernas blancas más hermosas imaginables. Estaba desnuda y se cubrió con sus largos cabellos. El príncipe le preguntó quién era y cómo había llegado hasta allí y ella lo miró con dulzura, pero tambіén tristeza en sus ojos azul marino, pues no podía hablar para responderle. Así que él la cogió de la mano y la llevó a palacio. Cada paso que daba la sirenita sentía, tal como le había advertido la bruja, como si pisara puntiagudos punzones y afilados cuchillos, pero no le importaba. De la mano del príncipe subió la escalera ligera como una burbuja, y a él y a todos los demás les sorprendió su grácil y encantadora manera de moverse.

La vistieron con costosas ropas de seda y muselina; era la más bella del palacio, pero no podía cantar ni hablar. Aparecieron entonces unas hermosísimas esclavas para cantarles al príncipe y sus regios padres. Una de ellas cantaba más maravillosamente que las demás y el príncipe aplaudió y le sonrió. Esto afligió a la sirenita, pues sabía que ella cantaba antes mejor aún que la esclava. Pensó: «¡Ay, si supiera que yo he regalado mi voz para poder estar siempre a su lado!».

Ahora las esclavas empezaron a mecerse en

preciosas danzas acompañadas por una bellísima música. La sirenita se unió a ellas, levantó sus blancos y perfectos brazos y sobre las puntas de los pies flotó por encima del suelo bailando como nadie lo había hecho hasta entonces. Con cada movimiento su belleza se hacía cada vez más evidente y sus ojos penetraban en el corazón de manera más honda que el canto de las esclavas.

Todos estaban maravillados, sobre todo el príncipe, que la llamó su «pequeña huérfana». Ella siguió la danza a pesar de que, cada vez que sus pies tocaban el suelo, lo sentía como si pisara unos afilados cuchillos. El príncipe dijo que quería que se quedara para siempre a su lado y, así, permitieron a la sirenita dormir sobre un almohadón de terciopelo delante de los aposentos de él.

El príncipe ordenó hacerle un traje de hombre para que pudiera acompañarlo cuando montaba a caballo. Al cabalgar atravesaron unos aromáticos bosques donde las verdes ramas le acariciaban los hombros y los pajaritos cantaban entre el lozano follaje. La sirenita acompañó también al príncipe a escalar las altas montañas y, aunque sus delicados pies sangraban tanto que incluso los demás se daban cuenta de ello, reía y seguía con él hasta que veían las nubes flotar debajo de ellos como si fueran una bandada de pájaros de camino a países cálidos.

En el castillo del príncipe, mientras los demás dormían, la sirenita salía a la ancha escalinata de mármol para refrescar sus ardientes pies y, mientras estaba allí, recordaba a los que vivían abajo en las profundidades. Una noche, aparecieron sus hermanas cogidas del brazo: cantaban con gran tristeza mientras se deslizaban por el agua. La sirenita les hizo señas con las manos y ellas la reconocieron. Le contaron lo tristes que se habían quedado todos después de que ella se marchara. Desde entonces se acercaban todas las noches a visitarla y, una vez, ella incluso vio a lo lejos a su anciana abuela, que no había subido a la superficie en muchos años, y al Rey del Mar con su corona. Extendieron los brazos hacia ella, pero no se atrevieron a acercarse tanto a la costa como las hermanas de la sirenita.

Cada día que pasaba el príncipe la amaba más, la quería como se quiere a un niño bueno y adorado, pero nunca se le ocurría convertirla en su reina. ¡Y ella tenía que llegar a serlo! ¡Si no, nunca conseguiría un alma inmortal, sino que se convertiría en espuma del mar la mañana después de que él se casara!

«¿Es verdad que soy yo a la que más quieres?», parecían decir los ojos de la sirenita cuando él la cogía en sus brazos y le daba un beso en su hermosa frente.

—Sí, te quiero más que a nadie porque tienes el mejor corazón del mundo. Eres la que más afecto me das y te pareces a una joven que vi un día pero con la que no creo que jamás vuelva a encontrarme. Naufragué en un barco y las olas me arrojaron a tierra, muy cerca de un templo sagrado donde servían varias muchachas. La más joven me encontró en la playa y me salvó la vida. La vi tan solo dos veces, pero ella es la única a la que podría amar en este mundo. Tú te pareces a ella y casi sustituyes a su imagen en mi alma. Ella pertenece al templo sagrado y por eso mi buena fortuna te ha mandado a mí. ¡Nunca nos separaremos!

«¡Ay, no sabe que soy yo quien le salvó la vida! —pensó la sirenita—. Yo lo llevé por el mar y hasta el bosque donde se encuentra el templo. Y allí, oculta tras la espuma, esperé a que pasara algún ser humano. Y vi a la hermosa joven a la que él quiere más que a mí. —La sirenita suspiró profundamente, pues no podía llorar—. Ha dicho que la chica pertenece al sagrado templo, que nunca saldrá al mundo exterior y que no volverán a verse. Pero ¡yo estoy con él, yo lo veré todos los días, lo cuidaré, lo amaré y le dedicaré toda mi vida!»

Un día le contaron que el príncipe iba a casarse con la apreciada hija del rey vecino. Por eso se estaba aparejando un barco tan maravilloso. El príncipe iba a visitar las tierras del rey vecino, pero decían que lo hacía en realidad para ver a la hija del rey y que le acompañaría un gran séquito. Sin embargo, la sirenita sacudía la cabeza y se reía, pues ella conocía los pensamientos del príncipe mucho mejor que nadie.

—Tengo que ir —le había dicho el joven—. Debo ver a la bella princesa, pues mis padres me lo exigen. Pero no quieren obligarme a traerla aquí como mi novia. ¡Y no podré amarla! No se parece a la hermosa joven del templo como lo haces tú. ¡Si algún día tuviera que elegir novia, serías tú, mi muda huerfanita de los ojos parlantes!

Y entonces le besó la boca roja, jugueteó con su largo pelo y apoyó la cabeza junto a su corazón, y ella soñó con la felicidad humana y un alma inmortal.

—¡Tú no tienes miedo al mar, mi niñita muda!
—dijo cuando estuvieron a bordo del magnífico barco que lo llevaría a las tierras del rey vecino.

Y le habló de tormentas y bonanzas, de singulares peces de las profundidades y de otras cosas que habían visto allí abajo los buceadores. Ella sonreía al oírle hablar porque, claro, ella sabía mejor que ningún otro cómo era el fondo del mar. En la clara noche, a la luz de la luna, cuando todos dormían menos el piloto que estaba en el timón, ella miró por la borda del barco y contempló la transparente agua. Le parecía ver el castillo de su padre y, en lo más alto, a la anciana abuela con su corona plateada mirando hacia arriba, en dirección a la quilla del barco y a través de las fuertes corrientes. En ese preciso momento, sus hermanas subieron a la superficie y la miraron con gran tristeza retorciéndose las manos de angustia. La sirenita les sonrió e hizo señas con las manos para contarles que todo le iba bien y que era feliz, pero justo entonces se le acercó el grumete; las hermanas se sumergieron y él pensó que aquella cosa blanca que había visto era la espuma del mar.

A la mañana siguiente, el barco entró en el

puerto junto a la impresionante ciudad del rey vecino. Todas las campanas de las iglesias doblaban y desde las altas torres sonaban los trombones mientras los soldados se cuadraban llevando banderas ondeantes y mostrando unas relucientes bayonetas. Tras su llegada todos los días hubo celebraciones. Se sucedían los bailes y las fiestas, pero la princesa todavía no había llegado. Según se decía, la educaban lejos de allí, en un templo sagrado. Allí le enseñaban todas las virtudes que debía tener una reina. Pero finalmente llegó.

La sirenita estaba deseosa por ver su belleza y tuvo que reconocer que nunca había visto una figura más hermosa. La princesa tenía la piel muy fina y transparente y, tras las largas y oscuras pestañas, sonreían dos honestos ojos de un profundo azul.

—¡Eres tú! —exclamó el príncipe—. ¡Tú, la que me salvaste cuando parecía un cadáver tumbado en la playa! —Tomó entre sus brazos a su ruborizada novia—. ¡Oh, soy demasiado feliz! —le dijo a la sirenita—. ¡Se ha cumplido mi deseo, el que pensaba que era imposible! Sé que te alegrarás por mi felicidad, pues eres la que más me quiere en el mundo.

Y cuando la sirenita le besó la mano sintió cómo se le rompía el corazón. Pues la mañana después de la boda la llevaría a la muerte y la transformaría en espuma de mar.

Repicaban las campanas de todas las iglesias, y los heraldos recorrían las calles anunciando el compromiso real. En todos los altares quemaban aceites aromáticos en costosas lámparas de plata.

Los sacerdotes voltearon los incensarios y los novios se dieron la mano y recibieron las bendiciones del obispo. La sirenita vestía ropas de seda y oro, y sujetaba la cola de la novia, pero sus oídos no captaban la festiva música ni sus ojos vieron la sagrada ceremonia, solo pudo pensar en su noche mortal, en todo lo que había perdido en este mundo.

Esa misma tarde los novios subieron a bordo del barco, mientras los cañones disparaban salvas, y las banderas ondeaban. En el centro de la cubierta se había montado una preciosa tienda de oro y púrpura con magníficos almohadones, donde los novios pasarían la fresca y tranquila noche.

Las velas se hinchaban con el viento y el barco navegaba suavemente y sin grandes movimientos por el transparente mar.

Cuando ya estaba oscureciendo, se encendieron lámparas multicolor y los marineros bailaron animadas danzas en cubierta. La sirenita no pudo evitar pensar en la primera vez que salió del agua, cuando presenció el mismo esplendor y la misma alegría, y se dejó llevar y bailó flotando, tal como lo hace la golondrina cuando se ve perseguida. Todo el mundo le expresaba su admiración, nunca había bailado tan magníficamente. Sus delicados pies le dolían como si pisara afilados cuchillos, pero no notaba nada, pues mucho más doloroso era lo que sentía en el corazón. Sabía que esta era la última noche en la que vería al ser humano por el que había dejado atrás a su familia y su hogar, por el que había dado su preciosa voz y por el que había sufrido grandes tormentos a diario. Todo ello sin que él se diera cuenta de nada. Era la última noche en que respiraría el mismo aire que él y que vería el profundo mar y el estrellado cielo azul. Ahora la esperaba una eterna noche sin pensamientos ni sueños, pues no tenía alma ni podría conseguirla nunca. Todo fue alegría y diversión en el barco hasta bien pasada la medianoche, y ella reía y bailaba con el corazón lleno de la idea de la muerte. El príncipe besaba a su maravillosa novia y ella jugueteaba con sus cabellos negros. Cogidos del brazo, se retiraron a la magnífica tienda.

Más tarde en el barco ya reinaba el silencio y solo se veía al piloto en el timón. La sirenita apoyó sus blancos brazos en la borda y miró hacia levante y la aurora: sabía que el primer rayo de sol la mataría. Y en ese momento vio a sus hermanas subir a la superficie: estaban pálidas como ella. Sus largos y preciosos cabellos ya no se movían en la brisa, se los habían cortado.

—Se los hemos dado a la bruja del mar para que te socorriera, para que no murieras esta noche. Nos ha dado un cuchillo: aquí está. ¿Ves lo afilado que es? Antes de que salga el sol tienes que clavarlo en el corazón del príncipe y, cuando su caliente sangre salpique tus pies, estos se juntarán y volverán a formar la cola de pez y tú serás de nuevo una sirena. Podrás sumergirte en el agua con nosotras para vivir tus trescientos años de vida antes de convertirte en salada e inerte espuma de mar. ¡Apresúrate! Uno de los dos tiene que morir antes de que salga el sol: ¡o él o tú! Nuestra anciana abuela está sufriendo, y hasta ha perdido su blanco cabello, tal como nosotras hemos perdido el nuestro ante las tijeras de la bruja. ¡Mata al príncipe y vuelve con nosotras! ¡Date prisa! ¿Ves esa línea roja en el cielo? En unos minutos saldrá el sol y morirás. Soltaron un extraño y profundísimo suspiro y se sumergieron entre las olas.

La sirenita levantó la tela púrpura de la tienda y vio a la hermosa novia dormir con la cabeza apoyada en el pecho del príncipe. Se agachó y besó la bella frente del joven. Miró hacia el cielo, donde ya casi se dejaba ver la aurora, y tornó la mirada hacia el príncipe, quien, hablando en sueños, pronunció el nombre de su novia: solo tenía pensamientos para ella. El cuchillo tembló en la mano de la sirenita... pero al final lo arrojó al mar, bien lejos. Las olas se volvieron rojas donde cayó: parecía que brotaran gotas de sangre en el agua. La sirenita miró al príncipe por última vez con los ojos ya medio vidriosos. Desde el barco se lanzó al mar y pudo sentir cómo su cuerpo se iba disolviendo y convirtiendo en espuma.

El sol salió y se elevó encima del mar. Sus rayos cubrían suaves y cálidos la espuma mortalmente fría. Pero la sirenita no sintió la muerte, sino que vio el claro sol y que, por encima de ella, flotaban cien maravillosas figuras transparentes. A través de ellas vio las blancas velas del barco y las nubes rojas del cielo. Sus voces eran melodiosas, pero tan aéreas que ningún oído humano podía captarlas y ningún ojo terrenal podía verlas. Sin alas, las figuras se desplazaban por el aire propulsadas por su propia ligereza y la sirenita percibió que su apariencia ahora se asemejaba a la de ellas y que se elevaba cada vez más sobre la superficie del mar.

—¿Adónde me dirijo? —preguntó, y su voz resonó como la de las otras figuras, tan sutil que ninguna música terrenal podría reproducirla.

—¡Hacia las hijas del aire! —contestaron ellas—. Las sirenas no tienen un alma inmortal y nunca podrán conseguirla si no ganan el amor de un ser humano. Su eterna existencia depende de una fuerza externa. Del mismo modo, las hijas del aire tampoco poseemos un alma inmortal, pero podemos obtenerla a través de buenas obras. Volamos a los países cálidos, donde el sofocante aire de peste ahoga a los humanos, y allí los refrescamos. Esparcimos el aroma de las flores por el aire, y así les enviamos reposo y curación. Si pasamos trescientos años obrando todo el bien que podamos, conseguiremos un alma inmortal y participaremos en la eterna felicidad de los humanos. Pobre sirenita, con todo tu corazón has intentado lograr lo mismo que nosotras, has sufrido y has aguantado, y así te has elevado al mundo de los espíritus del aire. Ahora, a través de tus buenas acciones, tú misma obtendrás el alma inmortal dentro de trescientos años.

Y la sirenita alzó sus finos brazos hacia el divino sol y por primera vez experimentó lo que son las lágrimas.

En el barco había vuelto el ruido y el alboroto. Vio como el príncipe la buscaba junto a su bella novia; ambos miraban melancólicos la burbujeante espuma, como si supieran que ella se había arrojado a las olas. Invisible, la sirenita besó la frente de la novia, le sonrió a él y, junto con las otras hijas del aire, ascendió a la nube rosada que flotaba en el aire.

—¡Dentro de trescientos años entraremos así en el reino de Dios!

—Incluso podríamos llegar antes —susurró una de ellas—. Entramos invisibles en las casas de los humanos donde hay niños, y por cada día en que encontremos a un niño que sea la alegría de sus padres y que merezca su amor, Dios acortará nuestro tiempo de prueba. El niño no sabrá cuándo pasamos por su casa, pero si nos produce una sonrisa de alegría, se nos restará un año de los trescientos. Por el contrario, ¡si observamos un niño malo y desobediente, esto nos ocasionará un apenado llanto y cada lágrima añadirá un día más a nuestro tiempo de prueba!

El traje nuevo del emperador

Hace muchos años había un emperador que se desvivía por vestir siempre ropa nueva y hermosa. Gastaba todo su dinero en ir guapo. No se preocupaba por sus soldados, no le interesaba el teatro ni tampoco quería ir de excursión, únicamente vivía para poder mostrar sus ropajes nuevos. Tenía un traje para cada hora del día y, al igual que sobre un rey suele decirse que «Está reunido con el consejo», sobre este se decía que «El emperador está en el probador».

En la gran ciudad donde vivía había muchas distracciones y continuamente entraba gente nueva. Un día llegaron dos timadores que fingieron ser tejedores y dijeron que sabían tejer las telas más fabulosas que nadie podía imaginarse. No solo los colores y los dibujos eran increíblemente bellos, sino que los trajes que se confeccionaban con esas telas tenían la extraordinaria característica de parecer invisibles a cada persona que no valiera para el puesto que ocupaba o que fuera inadmisiblemente tonta.

«Pero ¡qué ropa más estupenda! —pensó el emperador—. Si la llevara, podría enterarme de qué hombres de mi reino no sirven para el puesto que ocupan y así podría diferenciar a listos y tontos. Sí, ¡tienen que fabricarme esta tela enseguida!» Y entregó mucho dinero a los dos timadores en mano para que pudieran empezar a realizar el encargo.

Así, los estafadores instalaron dos telares y fingieron ponerse a trabajar a pesar de no tener absolutamente nada montado sobre ellos. Sin pestañear reclamaban la seda más fina y el hilo de oro más reluciente, que se guardaban en sus propios bolsillos mientras seguían trabajando en los telares vacíos, incluso hasta bien entrada la noche.

«Ahora me gustaría saber cómo van con la tela», pensó el emperador, pero en realidad se sentía un pelín preocupado, pues si resultaba que era tonto o no servía para su trabajo, no podría verla bien. Es verdad que creía que no tenía que temer por sí mismo, pero, aun así, prefería enviar primero a otra persona para que se enterase de cómo iba. Todos los ciudadanos conocían la extraordinaria propiedad de la tela y todos estaban impacientes por ver lo tonto o lo inútil que era su vecino.

«Voy a enviar a mi anciano y muy honrado ministro para que visite a los tejedores —pensó el emperador—. No habrá nadie mejor para ver cómo es la tela, porque es inteligente y es la persona más adecuada para su cargo.»

El bondadoso ministro entró entonces en la sala donde los dos timadores estaban trabajando sobre los telares vacíos. «¡Dios mío! —pensó el anciano mientras abría los ojos como platos—. Pero ¡si no veo nada!» Sin embargo, no dijo nada de esto en voz alta.

Los dos timadores le invitaron a acercarse más y le preguntaron si no le parecían unos dibujos preciosos y unos colores fantásticos. Señalaron el telar vacío y el pobre ministro no hacía más que mirar, pero no veía nada... porque nada había. «¡Válgame Dios! —pensó—. Entonces, ¿resulta que soy tonto yo? ¡Nunca lo había sospechado!

¡Lo mejor será que no se entere nadie de esto! ¿O tal vez no valgo para el puesto que ocupo? No, imposible, ¡no puedo contarle a nadie que no veo la tela!»

—A ver, ¿qué le parece? —dijo uno de los tejedores.

—¡Ooooh, es una tela maravillosa! ¡De lo más excelente! —contestó el anciano ministro mirando a través de sus gafas—. ¡Qué dibujo! ¡Qué colores! Por supuesto, le haré saber al emperador que me place sobremanera.

—Nos agrada enormemente su opinión —dijeron ambos tejedores, que ahora iban mencionando por su nombre los colores y aquel dibujo tan especial.

El anciano ministro prestó mucha atención para poder repetir lo mismo cuando volviera a casa del emperador, y así lo hizo.

Ahora los timadores exigieron más dinero, más seda y más oro, que dijeron necesitar para su labor. Todo fue directo a sus bolsillos, no llegó ni una hebra al telar, pero continuaron como antes, tejiendo en el vacío. El emperador mandó a otro buen funcionario para ver cómo iba avanzando el trabajo y si quedaba mucho para que terminaran la tela. Al enviado le fue como al primero: miró y remiró, pero como no había nada más que telares vacíos, no pudo ver nada.

—¿Verdad que es una pieza maravillosa? —dijeron ambos estafadores mientras mostraban y explicaban el fantástico dibujo inexistente.

«Tonto no soy —pensó el hombre—. Entonces debe de ser que no valgo para el puesto que ocupo. ¡Qué extraño! Pero, claro, tengo que fingir que no pasa nada raro.»

Así, se puso a alabar la tela que no veía y les aseguró que sentía una gran alegría al contemplar unos tonos tan excelentes y un dibujo tan maravilloso.

—Sí, ¡es preciosa! —le dijo al emperador.

Todos los ciudadanos hablaban de esa tela tan magnífica.

Llegó el momento en que el emperador quiso ver por sí mismo la tela mientras todavía estaba en el telar. Acompañado por un cortejo de hombres ilustres, entre los cuales se encontraban los dos afables funcionarios que ya habían estado allí, fue a ver a los dos astutos timadores, que seguían tejiendo sin descanso, pero también sin hilo ni hebra.

—¿Verdad que es *magnifique*? —dijeron los dos funcionarios—. ¿Se ha fijado Su Majestad en este dibujo, en estos colores? —Y luego señalaron el telar vacío, como dando por sentado que los demás veían la tela.

«¿Quééé? —pensó el emperador—. No veo nada, ¡qué horror! ¿Es que acaso soy tonto? ¿O más bien no sirvo para ser emperador? ¡Es lo peor que podía pasarme!»

—¡Oooh! —dijo, sin embargo—. ¡Es increíblemente bella! ¡Tiene toda mi aprobación!

Lo confirmó con un gesto de la cabeza y se quedó contemplando el telar vacío, sin querer decir que no veía nada. Todo el séquito que lo acompañaba miró y miró, pero no sacó más en claro que todos los demás. Aun así, y al igual que el emperador, dijeron:

—¡Oooh, es bellísima!

Y le aconsejaron que estrenara la ropa nueva con motivo del gran desfile que pronto se iba a celebrar.

—Será *magnifique*, excelente, genial —comentaban todos, que estaban la mar de contentos.

A cada uno de los timadores el emperador le concedió una condecoración para que se la colgara en el ojal, además del título de caballero tejedor.

Toda la noche anterior al día del desfile los estafadores la pasaron levantados, y con más de dieciséis velas encendidas. La gente veía al pasar que estaban muy ocupados terminando el traje del emperador. Finalmente fingieron retirar la tela, cortaron en el aire con grandes tijeras, cosieron con aguja sin hilo y, por último, dijeron:

—¡Ya está listo!

El emperador se presentó en persona acompañado por sus nobles más distinguidos y los dos timadores levantaron el brazo como si sostuvieran algo diciendo:

—¡Aquí están las calzas! ¡Aquí, la casaca! ¡Y aquí, el manto! —Y así siguieron sucesivamente—. ¡Es tan ligero, es como una telaraña! ¡Va a parecer que no se lleva nada en el cuerpo, y precisamente en eso reside su virtud!

—¡En efecto! —dijeron todos los nobles, pero no veían nada porque nada había.

—Ahora, si a Su Imperial Majestad le place quitarse la ropa que lleva —dijeron los estafadores—, nosotros le ayudaremos a ponerse el traje nuevo. Aquí, por favor, delante del espejo grande.

El emperador se desvistió y los timadores hicieron como si le entregaran las prendas nuevas que supuestamente habían cosido. El monarca giró una y otra vez ante el espejo.

—¡Dios mío, qué bien le sienta el traje! ¡Le queda como un guante! —dijo todo el mundo—. ¡Qué dibujo! ¡Qué colores! ¡Es un traje valiosísimo!

—Fuera están esperando con el baldaquino que cubrirá a Su Majestad durante el desfile —avisó el maestro superior de ceremonias.

—Pues ya estoy listo —dijo el emperador—. ¿Verdad que me sienta estupendamente? —Y dio un par de vueltas más frente al espejo para que pareciera que estaba admirando todas sus galas.

Los ayudas de cámara, que tenían que llevar el faldón, tantearon con las manos en el suelo para levantarlo y agarraron el aire porque no se atrevieron a reconocer que no veían nada.

Y allá fue el emperador al desfile bajo el maravilloso baldaquino y todo el mundo en la calle y en las ventanas decía:

—¿Habrase visto lo magnífico que es el traje nuevo del emperador? ¡Qué maravilloso el faldón! ¡Qué bien le sienta!

Nadie quiso revelar que no veía nada porque entonces hubieran desvelado que no valían para sus trabajos o que eran muy tontos. Ninguno de los trajes anteriores del emperador había tenido tanto éxito.

—Pero ¡si no lleva nada! —exclamó al final un niño pequeño.

—¡Ay, por Dios, escuchad la voz del inocente! —dijo el padre.

Y la gente empezó a susurrarse los unos a los otros las palabras del niño.

—Pero ¡si no lleva nada! —gritó finalmente todo el pueblo.

Se encogió el emperador, porque pensaba que tenían razón pero pensó lo siguiente: «Tendré que aguantar lo que queda del desfile».

Y los ayudas de cámara siguieron sujetando el faldón inexistente.

El porquero

Érase una vez un príncipe pobre. Tenía un reino bastante pequeño pero lo suficientemente grande como para poder casarse. Y el deseo de contraer matrimonio no se lo quitaba nadie.

Era un acto de gran valentía por su parte decirle a la hija del emperador: «¿Quieres casarte conmigo?», pero se atrevió a hacerlo porque todo el mundo conocía su nombre y había cientos de princesas que lo aceptarían encantadas. Pero esta en concreto, no.

Os cuento:

Sobre la tumba del padre del príncipe crecía un rosal, un rosal muy bonito. Únicamente florecía una vez cada cinco años y encima con solo una flor, pero esta era una rosa con un aroma tan dulce que, al olerla, cualquiera se olvidaba de todas sus penas y preocupaciones. El príncipe también poseía un ruiseñor que cantaba como si guardara todas las melodías maravillosas del mundo en su pequeña garganta. Y ahora esa rosa y ese ruiseñor serían para la princesa. Por eso los metieron en unos grandes estuches de plata y se los enviaron.

El emperador hizo que se los trajeran al gran salón, donde la princesa estaba jugando a las visitas con sus damas de honor. Cuando ella vio unos paquetes tan grandes, se alegró mucho y, aplaudiendo, dijo:

—¡Ojalá sea un gatito!

Pero lo que apareció fue el rosal con su extraordinaria rosa.

—¡Ooooh, qué bien hecha está! —exclamaron las damas de la corte.

—Es más que eso —dijo el emperador—, ¡es hasta mona!

Pero la princesa tocó la rosa y casi se echó a llorar.

—¡Puaj, papá! ¡No es artificial, es de verdad!

—¡Puaj! —dijo toda la gente de la corte—. ¡Es de verdad!

—Bueno, antes de enfadarnos veamos qué hay en el otro estuche —opinó el emperador.

Y allí apareció el ruiseñor. Cantó tan maravillosamente que de buenas a primeras no podía decirse nada malo sobre él.

—*Superb, charmant!** —dijeron las damas de honor, porque todas sabían hablar francés, cada una peor que la otra.

—¡Cómo me recuerda este pájaro la cajita de música de la difunta emperatriz! —dijo un anciano caballero—. ¡Ay, ¡tiene el mismo tono, la misma forma de cantar!

—Es verdad —confirmó el emperador y lloró como un niño pequeño.

—No puedo creer que sea de verdad —dijo la princesa.

—¡Que sí, que es un pájaro de verdad! —replicaron los que lo habían traído.

—Pues soltadlo, que se vaya —insistió la princesa. Ya no tenía la más mínima intención de recibir al príncipe.

Sin embargo, este no se desalentó. Se tiznó la cara de marrón y negro, se bajó la gorra hasta las cejas y llamó a la puerta.

—Buenos días, señor emperador —dijo—. ¿No tendría un puesto para mí aquí en palacio?

* Magnífico, adorable.

133

—Seguramente sí. Me vendría bien alguien que cuide los cerdos, que de esos tenemos muchos.

Así se contrató al príncipe como porquero imperial y lo alojaron en un cuartucho cerca de la pocilga para que permaneciera allí. Estuvo todo el día trabajando y a la tarde ya había fabricado una pequeña olla muy bonita. En los bordes llevaba unos cascabeles y, cuando el puchero entraba en ebullición, sonaban que daba gusto y tocaban la triste melodía alemana que hablaba sobre perderlo todo:

Ach, du lieber Augustin,
*Alles ist weg, weg, weg.**

Pero lo más curioso de todo era que, cuando uno metía un dedo en el vapor que salía de la olla, podía oler qué comida estaban preparando en todos los hogares de la ciudad. Nada que ver con la rosa, vamos.

La princesa iba paseando con sus damas de honor y, cuando oyó esa melodía, se paró y se le alegró la cara porque ella también sabía tocar

---

* Oh, querido Augustin, / se ha perdido todo, todo, todo.

«*Ach, du lieber Augustin*». Era lo único que sabía tocar, pero lo hacía con un solo dedo.

—Pero ¡si es la misma que me sé yo! —dijo—. Debe de ser un porquero con estudios. Bajad a preguntar cuánto vale ese instrumento.

De modo que una de las damas de honor tuvo que entrar en la pocilga, pero no sin ponerse antes unos zuecos.

—¿Cuánto pides por esa olla? —preguntó.

—Quiero diez besos de la princesa —contestó el porquero.

135

—¡Válgame Dios! —dijo la dama.

—Ni más ni menos.

—¡Vaya impertinente! —dijo la princesa y se marchó.

Pero pronto empezaron otra vez a sonar los atractivos cascabeles:

Ach, du lieber Augustin,
Alles ist weg, weg, weg.

—A ver —dijo la princesa—, pregúntale si acepta diez besos de mis damas de honor.

—No, muchas gracias —respondió el porquero—. Diez besos de la princesa o me quedo yo la olla.

—¡Qué fastidio! —dijo la princesa—. Pero entonces tendréis que poneros a nuestro alrededor para que no lo vea nadie.

De manera que las damas de honor formaron un círculo y extendieron las faldas. El porquero consiguió los diez besos que pedía y la princesa, la olla.

¡Cómo se divirtieron! Toda la tarde y todo el día mantuvieron la olla en ebullición. No quedó ni un solo hogar en la ciudad del que no supieran qué comida se estaban preparando, ya fuera en el del aristócrata o en el del zapatero remendón. Las damas de la corte estaban encantadas, bailaban y aplaudían.

—¡Ya sabemos quién va a tomar sopa boba y tortitas! ¡Y quién comerá gachas y filetes! ¡Qué interesante es esto!

—Está bien. ¡Pero callaros la boca, que yo soy la hija del emperador!

—Bueno, bueno —dijeron ellas.

El porquero, es decir, el príncipe (pero, claro, eso nadie lo sabía, creían que era un porquero de verdad), no dejaba pasar un día sin fabricar algo y ahora construyó una matraca. Al girarla producía todos los valses y polcas conocidos desde la creación del mundo.

—Pero ¡si es *superb*! —exclamó la princesa al pasar—. ¡Jamás he oído una composición más maravillosa! Escuchad: entrad a preguntarle cuánto cuesta ese instrumento. Pero ¡nada de besos!

—Ahora quiere cien besos de la princesa —dijo la dama de honor que había entrado a preguntar.

—¡Debe de estar loco! —La princesa se fue, pero un poco más allá se detuvo—. ¡Hay que apoyar el arte! —declaró—. Soy la hija del emperador. Dile que le puedo dar diez besos, el resto se lo darán mis damas de honor.

—¡Ay, preferiríamos que no! —declararon las damas de la corte.

—¡Qué tontería! Si yo puedo besarlo, ¡vosotras también! No olvidéis que yo soy la que os da de comer y un sueldo.

La dama de la corte no tuvo más remedio que volver a entrar.

—Cien besos de la princesa o cada cual se queda con lo suyo.

—¡¡Cubridme!! —ordenó entonces la princesa.

Las damas se pusieron a su alrededor y el porquero la besó.

—¿A qué se deberá ese alboroto en la pocilga? —preguntó el emperador, que había salido al balcón. Se frotó los ojos y se puso las gafas—. Pero si son las damas de honor las que andan por ahí. Será mejor que me acerque. —Luego se subió la parte de atrás de sus zapatillas porque las llevaba en chanclas.

¡Y vaya prisa que se dio!

Una vez abajo, se movió muy silencioso y las damas estaban tan ocupadas contando los besos para que no hubiera ninguna trampa, que no se dieron cuenta de que venía el emperador. Él se puso de puntillas.

—Pero, bueno, ¿y esto qué es? —exclamó

cuando los vio besándose. Y les golpeó en la cabeza con la zapatilla justo cuando el porquero iba a recibir el beso número ochenta y seis—. ¡Fuera! —gritó porque estaba enfadado y expulsó de su imperio tanto a la princesa como al porquero.

Allí se quedaron: ella, llorando; el porquero, refunfuñando. Y llovía a cántaros.

—¡Ay, pobre de mí! —dijo la princesa—. ¡Ojalá hubiera aceptado al maravilloso príncipe! ¡Ay, infeliz de mí!

El príncipe se puso detrás de un árbol. Se limpió lo negro y marrón de la cara, tiró los trapos viejos y salió llevando su traje de príncipe. Estaba tan vistoso que la princesa no pudo evitar hacer una reverencia.

—He llegado a despreciarte —le dijo el príncipe—. Rechazaste a un príncipe honrado. No supiste valorar la rosa ni el ruiseñor, pero sí te ofreciste a besar a un porquero para conseguir una caja de música. ¡Ahí te quedas!

Entró en su reino y le cerró la puerta. Ya podía ponerse a cantar:

Ach, du lieber Augustin,
Alles ist weg, weg, weg.

El ruiseñor

Ya sabrás que en China el emperador es chino y también lo son todos los que lo rodean. Esta historia tiene muchos años, pero precisamente por eso merece la pena oírla antes de que caiga en el olvido. El palacio del emperador era el más magnífico del mundo, estaba hecho completamente de fina porcelana, muy costosa pero también muy frágil, tanto que había que tener mucho cuidado al tocarla. En el jardín se veían las flores más asombrosas y a las más destacadas de entre ellas les habían atado unos pequeños cascabeles de plata que sonaban para que nadie pasara sin fijarse en esa flor. De hecho, todo el jardín del emperador estaba muy ingeniosamente pensado. Además, era tan grande que ni siquiera el propio jardinero sabía dónde acababa. Si uno seguía andando, llegaba a un precioso bosque con altos árboles y profundos lagos. Este bosque se extendía hasta un mar azul y profundo, el cual permitía navegar hasta debajo de las ramas de los árboles incluso a los barcos grandes. Allí vivía un ruiseñor que cantaba tan maravillosamente bien que hasta el pescador más pobre, que tenía tantas otras cosas que atender, se detenía al escucharlo cuando, de noche, lo oía al ir a sacar las redes. «Dios mío, ¡qué hermoso!», decía, pero luego tenía que dedicarse a sus faenas y se olvidaba del pájaro. Sin embargo, a la noche siguiente, cuando el ruiseñor volvía a cantar y el pescador lo oía, repetía lo mismo: «Dios mío, ¡qué hermoso!».

Desde todos los países del mundo llegaban viajeros a la ciudad del emperador para admirarla y visitar su palacio y el jardín, pero en cuanto oían cantar al ruiseñor estaban todos de acuerdo: «¡Esto es lo mejor de todo!».

Y al volver a sus casas, los viajeros lo contaban todo y los sabios escribían voluminosos libros sobre la ciudad, el palacio y el jardín. No se olvidaban del ruiseñor, le concedían la primera posición entre lo que habían visto y los que sabían escribir poesía creaban bellas composiciones sobre el ruiseñor del bosque que había junto al profundo mar.

Estos libros llegaron a todos los lugares del mundo y también a manos del emperador. Estaba sentado en su silla de oro leyendo uno de ellos y cada poco asentía con la cabeza porque disfrutaba con las espléndidas descripciones de la ciudad, el palacio y el jardín. «Pero lo mejor de todo es el ruiseñor», escribían.

—¿Qué? —dijo el emperador—. ¿Qué ruiseñor? ¡Si ni siquiera lo conozco! ¿Es que hay un pájaro así en mi imperio y, encima, en mi propio jardín? ¡Nadie me lo ha contado jamás! ¡Mira de qué cosas se tiene que enterar uno por los libros!

De modo que hizo llamar a su jefe de palacio, que era tan distinguido que cuando alguien menos noble que él se atrevía a dirigirle la palabra o a preguntarle algo, se limitaba a contestar «¡P!», que no significaba nada.

—Cuentan que por aquí hay un pájaro extraordinario al que llaman «ruiseñor» —dijo el emperador—. Se dice que es lo más excelente de mi gran imperio. ¿Cómo es que nadie me ha hablado nunca de él?

—¡A mí tampoco me han hablado nunca de

él! —contestó el jefe de palacio—. Jamás lo han presentado en la corte.

—¡Que se presente aquí esta misma tarde para cantarme! ¡Mira que todo el mundo sabe lo que tengo menos yo!

—¡A mí nunca me han hablado de él! —declaró el jefe de palacio— ¡Voy a buscarlo, lo encontraré!

Pero ¿por dónde? El cortesano subió y bajó todas las escaleras y atravesó salones y pasillos, pero ninguno de todos aquellos con los que se encontró había oído hablar del ruiseñor. Volvió corriendo a ver al emperador y le dijo que aquello debería ser una fábula inventada por los que escriben libros.

—Su Imperial Majestad no puede creer todo lo que se escribe. ¡Son inventos y algo que llaman magia negra!

—Pero el libro en el que lo leí me lo mandó el granpoderoso emperador de Japón y entonces no puede ser falso. ¡Quiero oír al ruiseñor! ¡Esta tarde tiene que estar aquí! ¡El pájaro disfruta de la gracia imperial! Y si no viene, ¡todos los de la corte recibirán golpes en la barriga después de cenar!

—¡Tsing-pe! —dijo el jefe de palacio antes de

volver a subir y bajar todas las escaleras y a atravesar otra vez salones y pasillos.

Y la mitad de la corte iba tras él porque preferían no recibir golpes en la barriga. Todos preguntaban por ese extraño ruiseñor, conocido por el mundo entero menos por la gente de la corte.

Finalmente el hombre se cruzó en la cocina con una muchachita pobre que dijo:

—Pues, claro, el ruiseñor, ¡yo lo conozco! ¡Ay cómo canta! Tengo permiso para llevarle todas las tardes unas pocas sobras de la mesa a mi pobre madre enferma que vive junto a la playa. Al volver hacia acá estoy agotada, y me siento en el bosque a descansar y oigo cantar al ruiseñor. Entonces se me llenan los ojos de lágrimas, es como si mi madre me diera besos.

—Pequeña ayudanta de cocina —dijo el jefe de palacio—. ¡Te proporcionaré un puesto fijo en la cocina y permiso para ver comer al emperador si eres capaz de conducirnos al ruiseñor, porque está citado aquí esta tarde!

Y se fueron todos, incluida la mitad de la corte, hacia el bosque donde solía cantar el ruiseñor. Al llegar se oía mugir una vaca.

—¡Ooooh! —dijeron los cortesanos—. ¡Ya lo tenemos! ¡Qué impresionante potencia para un animal tan pequeño! Me parece que ya había oído su canto alguna vez.

—No, eso son las vacas mugiendo —repuso la muchachita—. Todavía nos queda un poco para llegar al lugar.

Ahora se oyó cómo croaban a las ranas del estanque.

—¡Maravilloso! —exclamó el sumo sacerdote superior de palacio chino—. Ya lo oigo. Suena como si fueran las pequeñas campanas de una iglesia.

—No, eso son las ranas —explicó la muchacha—. Pero creo que ya pronto vamos a poder oírlo.

Y entonces empezó a cantar el ruiseñor.

—¡Ese es! —dijo la chica—. ¡Escuchad, escuchad! ¡Y allí se le ve! —Señaló hacia un pajarito gris entre las ramas.

—Pero ¿es posible? —exclamó uno de los cortesanos—. Jamás me lo habría imaginado así. ¡Es de lo más insignificante! ¡Debe de haber perdido todos sus colores al encontrarse ante tanta gente importante!

—Mi pequeño ruiseñor —gritó bastante fuerte la moza de cocina—. Nuestro magnánimo emperador te pide que cantes para él esta tarde.

—Encantado —contestó el ruiseñor y cantó que daba gloria oírlo.

—Parecen campanas de cristal —dijo el jefe de palacio—. Y mira cómo emplea su pequeña garganta. ¡Qué extraño que no lo hayamos oído nunca! ¡Triunfará en la corte!

—¿Vuelvo a cantarle otra vez al emperador?

—preguntó el ruiseñor, que creía que el emperador también estaba por allí.

—Apreciado Señor ruiseñor —dijo el cortesano—, tengo el gran placer de invitaros a un convite en la corte esta tarde. Allí cautivaréis a su Gran Merced Imperial con vuestros deliciosos cantos.

—Es mejor al aire libre, en el bosque —contestó el ruiseñor, pero fue gustosamente al oír que así lo deseaba el emperador.

El palacio tenía un aspecto fantástico: las paredes y los suelos, que eran de porcelana, relucían bajo la luz de miles de lámparas doradas. Por los pasillos habían colocado aquellas flores que repiqueteaban. La gente corría y el viento soplaba y sonaban todas las campanas, así que no había forma de oírse unos a otros.

En medio del gran salón donde se sentaba el emperador habían colocado una percha de oro, donde tenía que posarse el ruiseñor. Toda la corte estaba presente y a la muchachita de la cocina le habían dado permiso para quedarse tras la puerta porque ahora tenía el cargo de cocinera. Todos iban ataviados con sus mejores galas y contemplaban el pequeño pájaro gris, al que el emperador saludó con la cabeza.

Y el ruiseñor cantó tan maravillosamente que el emperador se emocionó, y las lágrimas le cayeron por las mejillas, lo que hizo que el ruiseñor cantara más bellamente todavía, hasta llegar directo al corazón. El emperador estaba feliz y dijo que le regalaría su pantufla de oro para que la llevara al cuello, pero el ruiseñor se lo agradeció y respondió que no hacía falta, que ya tenía suficiente recompensa:

—He visto lágrimas en los ojos del emperador: para mí, ese es el mayor tesoro. ¡Las lágrimas de un emperador tienen un poder increíble! ¡Dios sabe que así tengo suficiente recompensa!

Y volvió a cantar con su gloriosa y dulce voz.

—¡No se conoce mayor coquetería! —dijeron las damas de la corte por ahí.

Y estas empezaron a llevar agua en la boca para cloquear cuando alguien les dirigía la palabra; así se creían ruiseñores también. Hasta los lacayos y las camareras hicieron saber que a ellos también les había gustado, y eso no es baladí, porque son los más difíciles de satisfacer. ¡Ya lo creo que el ruiseñor tuvo mucho éxito!

A partir de ese momento tuvo que quedarse en la corte, donde tenía su propia jaula, aunque se le permitía salir libremente dos veces por el día y una por la noche. Durante esas salidas iba acompañado por doce sirvientes, cada uno con una cinta de seda muy bien agarrada y atada a una pata del pájaro. De esa manera no resultaba nada atractiva la excursión.

Toda la ciudad hablaba de la extraordinaria ave. Cuando dos personas se cruzaban por la calle bastaba con que una de ellas dijera «rui...» para que la otra pronunciara «señor». Luego suspiraban y se entendían muy bien. Incluso pusieron su nombre a once hijos de charcuteros, aunque ninguno de ellos sabía cantar sin desafinar.

Un día llegó un paquete grande al emperador donde ponía RUISEÑOR.

—Va a ser otro libro sobre nuestro famoso pájaro —dijo el rey.

Pero no era ningún libro, sino un pequeño artificio dentro de una caja: un ruiseñor artificial que pretendía ser como el vivo pero que llevaba incrustados diamantes, rubíes y zafiros. Cuando le daban cuerda sonaba una de las piezas que cantaba el auténtico y la cola le subía y bajaba reluciente de plata y oro. Alrededor del cuello llevaba una pequeña cinta en la que se leía: EL RUISEÑOR

DEL EMPERADOR DE JAPÓN NO ES NADA EN COMPARACIÓN CON EL DEL EMPERADOR DE CHINA.

—¡Maravilloso! —dijeron todos, y al que había traído el pájaro artificial le concedieron de inmediato el título de «Supremo Suministrador Imperial de Ruiseñores».

—¡Que canten juntos! ¡Menudo dueto saldrá!

Y así lo hicieron, pero no salió demasiado bien porque el ruiseñor de verdad cantaba a su manera y el pájaro artificial funcionaba con piezas fijas.

—No es culpa suya —declaró el maestro de música—, ¡lleva perfectamente el ritmo y es de mi escuela!

Así que el pájaro artificial tuvo que cantar solo. Gozó del mismo éxito que el ruiseñor auténtico y, además, era más bonito de ver: relucía como las pulseras y los broches.

Treinta y tres veces cantó la misma pieza y ni siquiera así se cansó. A la gente no le hubiera importado escucharla de nuevo, pero el emperador opinaba que ahora también tenía que cantar un poco el ruiseñor verdadero... Pero ¿dónde estaba? Nadie se había dado cuenta de que había salido volando por la ventana abierta hacia su verde bosque.

—Pero ¿qué es esto? —dijo el emperador.

Los demás insultaron al ruiseñor diciendo que era un animal de lo más desagradecido. «¡Seguimos teniendo el mejor pájaro!», exclamaron y, una vez más, el pájaro artificial tuvo que cantar y por trigésima cuarta vez escucharon la misma pieza, porque todavía no se la sabían del todo, ya que era muy difícil. El maestro de música elogió mucho al pájaro, y hasta aseguró que era mejor que el auténtico, no solo en cuanto a los ropajes y los numerosos y preciosos diamantes, sino también en el interior.

—Comprendan, señores, y ante todo, Su Majestad el Emperador, que en el caso del ruiseñor verdadero nunca puede predecirse qué va a salir, pero en el del pájaro mecánico todo está decidido de antemano. ¡Así será y de ninguna otra forma! Puede documentarse, y es posible desarmarlo y mostrar al pensamiento humano cómo van colocadas las piezas, de qué forma funcionan y en qué orden van.

—¡Justo lo que pienso yo! —dijeron todos.

Se le concedió permiso al maestro de música para enseñar el pájaro al pueblo el siguiente domingo, pues ellos también tenían que oírlo, según dijo el emperador. Y lo oyeron y se pusieron tan contentos como si se hubieran emborrachado con el té, porque eso es algo muy típicamente chino. Todos exclamaron «¡Oooh!» y levantaron hacia el aire un dedo, el mismo que se usa para señalar, y asintieron con la cabeza. Pero los pescadores pobres, los que habían oído al ruiseñor de verdad, dijeron:

—No suena mal, y se le parece, pero falta algo, sea lo que sea.

Al final mandaron al exilio al ruiseñor auténtico.

El sitio escogido para el pájaro artificial era un cojín de seda cerca de la cama del emperador. Estaba rodeado de los presentes que le habían hecho, oros y piedras preciosas, y su titulación oficial había ascendido ahora a «Supremo Cantor de Mesilla de Noche Imperial» de primer rango a la izquierda, porque el emperador consideraba que ese lado era el más noble, porque allí está el corazón, e incluso un emperador lo lleva en ese costado. Y el maestro de música redactó veinticinco tomos sobre el pájaro mecánico. Eran de lo más erudito y de lo más largo e incluían las palabras más difíciles de la lengua china. Y todos decían que los habían leído y comprendido porque, si no, habrían parecido tontos y habrían recibido golpes en la barriga.

Así transcurrió un año entero. El emperador, la corte y todos los demás chinos ya se sabían de memoria cada gorgorito del canto del ruiseñor artificial, pero justo por eso les gustaba más. Sabían cantarlo ellos por sí mismos y aprovechaban para entonarlo. Los golfillos de la calle cantaban «¡sisi-si, clocloclo!» y el emperador también. ¡Ciertamente era todo un disfrute!

Pero una noche, mientras estaba cantando el pájaro mecánico y el emperador estaba en la cama escuchándolo, se oyó un «¡crac!» en el interior del pájaro. Algo se rompió. «¡Tric, tris!» Todas las ruedecitas empezaron a dar vueltas y la música paró.

El emperador salió de la cama de un salto e hizo llamar a su médico de cabecera. Pero ¿qué podía hacer este? Después trajeron al relojero y, tras mucho hablar y mucho comprobar, logró recomponer medianamente el pájaro, pero dijo que había que usarlo poco porque tenía los dientes del engranaje muy desgastados y no sería posible sustituirlos y conservar el compás de la música a la vez. ¡Qué inmensa desilusión! Solo se atrevían a dejarlo cantar una vez al año y, aun así, costaba. Pero entonces el maestro de música pronunció un pequeño discurso de los suyos con palabras complicadas y dijo que cantaba igual de bien que antes. Así que siguió cantando igual de bien que antes.

Pasaron cinco años y todo el país sentía una gran pena porque querían mucho a su emperador, que, según se decía, ahora estaba enfermo y no podía vivir, por lo que ya se había elegido a su sucesor. El pueblo preguntaba en la calle al jefe de palacio por el estado del emperador.

—¡P! —contestaba este sacudiendo la cabeza.

El emperador yacía frío y pálido en su enorme y espléndida cama. Los miembros de la corte lo creían muerto, y todos y cada uno de ellos fueron corriendo a saludar al nuevo emperador. Los camareros salieron para hablar del asunto y las doncellas se reunieron para tomar café. Por todos los pasillos y en todas las salas habían puesto alfombras para que no se oyeran pasos y ahora todo estaba en silencio, en un gran silencio. Pero el emperador todavía no había muerto. Se encontraba pálido y rígido en su espléndida cama con largos cortinajes de terciopelo y pesadas borlas doradas. En lo alto había una ventana abierta y por allí la luna enviaba su luz al emperador y al pájaro artificial.

Al pobre monarca le costaba mucho respirar, parecía tener algo encima del pecho. Abrió los ojos y vio entonces que era la muerte la que estaba oprimiéndole el pecho. Se había puesto la corona imperial y en una mano sujetaba el sable de oro del emperador y en la otra, su magnífico estandarte. Y alrededor de él, en los pliegues de las cortinas de terciopelo, aparecían extrañas cabezas, algunas muy feas, otras muy dulces. Eran todas las acciones, buenas y malas, del emperador que ahora le estaban mirando mientras la muerte le oprimía el corazón.

«¿Te acuerdas? —susurraba una tras otra—. ¿Te acuerdas?» Y luego le recordaban tantas cosas que al emperador se le empapó la frente de sudor.

—¡No me di cuenta! —respondía—. ¡Que haya música! ¡Música! ¡El gran tambor chino! —gritó—. ¡Así no oiré todo lo que están diciendo!

Pero seguían hablando y la muerte movía la cabeza, arriba y abajo como un chino, al oír lo que contaban.

—¡Música, música! —chilló el emperador—. Ay, mi querido pajarito dorado, ¡canta, canta de una vez! Te he regalado oro y riquezas, yo mismo te colgué mi zapatilla de oro al cuello. ¡Canta! ¡Que cantes!

Pero el pájaro no se inmutaba, pues no había nadie para darle cuerda y entonces no cantaba. La muerte, sin embargo, no dejaba de mirar al emperador con las grandes cavidades vacías de sus ojos. Y había silencio, un terrible silencio.

En ese mismo instante sonó junto a la ventana un maravilloso canto. Era el pequeño ruiseñor de verdad, que estaba posado en la rama allí fuera. Había oído hablar de la desgracia del emperador y por eso había venido a consolarlo y a darle esperanzas con su canto. Mientras cantaba, las figuras iban volviéndose más y más pálidas y la sangre corría cada vez más rápido por los débiles miembros del emperador. La muerte misma también lo escuchaba y dijo:

—¡Sigue, ruiseñor, sigue cantando!

—Así lo haré, si me das el maravilloso sable de oro. Así lo haré, si me das el valioso estandarte. Así lo haré, si me das la corona del emperador.

Y la muerte pagó cada canción con uno de esos

tesoros. Y el ruiseñor siguió cantando. Cantó sobre el tranquilo cementerio donde crecen las rosas blancas, donde el saúco desprende su aroma y donde a la hierba fresca la riegan las lágrimas de los vivos. A la muerte todo aquello le hizo añorar su jardín y, como una blanca y fría niebla, desapareció por la ventana.

—Gracias, gracias, divino pajarito —dijo el emperador—. ¡Te reconozco! Yo te envié al destierro y aun así, con tu cantar, apartaste los malos espíritus de mi lecho y alejaste la muerte de mi corazón. ¿Cómo puedo recompensarte?

—¡Ya lo has hecho! Vi lágrimas en tus ojos la primera vez que canté y jamás lo olvidaré. Esas son las joyas que alegran el corazón del cantante. Pero ahora ¡duerme y reúne fuerzas para recuperarte! ¡Cantaré para ti!

Y cantó... Y el emperador se sumió en un dulce sueño reparador.

Cuando se despertó, sano y recuperado, el sol llegaba hasta él a través de las ventanas. Todavía no había vuelto ninguno de sus sirvientes porque creían que había muerto, pero el ruiseñor seguía cantándole.

—Tienes que quedarte siempre a mi lado —dijo

el emperador—. Cantarás solo cuando quieras. Voy a hacer añicos el pájaro mecánico.

—No, no lo rompas. Si ha hecho todo el bien que podía, consérvalo como siempre. Yo no puedo establecerme ni vivir en palacio, pero déjame que venga cuando me apetezca. Entonces me encontrarás por la tarde, posado en la rama, junto a la ventana y cantaré para ti para que te alegres y también para que medites. Cantaré sobre los que son felices y sobre aquellos que sufren. Cantaré sobre el bien y el mal que se oculta a tu alrededor. El pequeño pájaro cantor llega a todas partes, al pescador pobre, al tejado del campesino, a todo aquel que está lejos de ti y de tu corte. Amo tu corazón más que tu corona y, sin embargo, esta tiene un halo de algo sagrado. Vendré y te cantaré. Pero ¡tienes que prometerme algo!

—¡Todo! —dijo el emperador. Estaba ya con sus ropajes imperiales que él mismo se había puesto. Acercó el sable, pesado por todo el oro que llevaba, a su corazón.

—¡Te pediré una sola cosa! No le digas a nadie que tienes un pajarito que te lo cuenta todo. ¡Así las cosas irán aún mejor!

Y el ruiseñor se marchó volando.

Los sirvientes entraron a ver a su emperador muerto. Y se quedaron de piedra cuando su emperador les saludó:

—¡Buenos días!

El patito feo

¡Qué vida la del campo! Era verano, el trigo lucía amarillo y la avena, verde. El heno estaba apilado en los verdes prados por donde se paseaba la cigüeña sobre sus largas patas rojas hablando en egipcio, pues esa lengua se la había enseñado su madre. Alrededor de los campos y de los prados había grandes bosques y en medio de ellos, profundos lagos. Sí, es verdad, ¡qué bonita vida es la del campo! Iluminada por el sol, había allí una antigua granja señorial, rodeada de profundas acequias. Desde sus muros hasta el agua crecían unas romazas tan altas que unos niños pequeños cabían debajo de las hojas más grandes. Su espesura era igual que la de un bosque frondoso y allí había una pata tumbada en el nido. Estaba empollando a sus patitos y ya se encontraba

bastante aburrida, pues llevaba mucho tiempo allí y recibía pocas visitas. A los demás patos les gustaba más nadar por las acequias que salir del agua y meterse bajo una hoja de romaza para hablar con ella.

Por fin empezó a crujir un huevo tras otro y sonó un «pío, pío»: todos los huevos habían cobrado vida y unos patitos asomaban la cabeza de ellos.

—¡Cua, cua, cua! —dijo ella, y los pequeños aprovecharon para mirar hacia todos lados bajo las hojas verdes.

Su madre los dejó, porque el verde es bueno para la vista.

—Pero ¡qué grande es el mundo! —dijeron todas las crías, y es verdad que el espacio ante el que ahora estaban era muchísimo más amplio que cuando se hallaban dentro del huevo.

—No vayáis a pensar que esto es el mundo entero —les informó la madre—. Llega más allá del jardín, hasta el campo del sacerdote. Pero allí nunca he estado yo ... Bueno, ya estáis todos, ¿verdad? —dijo y se levantó—. ¡Ah, no, todavía falta el huevo más grande! Pero ¿cuánto más va a tardar? ¡Ya me estoy aburriendo! —Y se volvió a tumbar.

—Bueno, ¿cómo va eso? —preguntó una pata vieja que se había acercado para hacerle una visita.

—¡Uno de los huevos tarda muchísimo! —contestó la pata acostada—. No llega a abrirse. Pero ¡mira los demás! Son los patitos más maravillosos que he visto jamás, se parecen todos a su padre. ¡Ese canalla no viene a verme!

—Déjame ver el huevo ese que no se abre —dijo la vieja—. ¡A ver si va a ser un huevo de pavo! A mí también me engañaron así en su día. Y mira que me dieron problemas y tormento esos pollitos porque, ya te digo, ¡tienen miedo al agua! No conseguía meterlos por mucho que les grazna-

165

ba y mordisqueaba, no había manera. Muéstrame ese huevo. En efecto, es de pavo. Déjalo y llévate a las demás crías para enseñarlas a nadar.

—Bueno, de todas formas voy a seguir empollando un poco más. Si ya llevo haciéndolo todo este tiempo, puedo seguir hasta después de las fiestas.

—¡Tú misma! —repuso la pata vieja, y se fue.

Y por fin se abrió el huevo grande.

—¡Pío, pío! —dijo la cría al salir rodando.

Era muy grande y fea. La pata la miró.

—Pero ¡qué grande es este pollito! —se dijo—. Ninguno de los otros tiene ese aspecto. ¿No será de pavo? Bueno, eso lo aclararemos enseguida. ¡Al agua va a ir aunque yo misma tenga que empujarlo!

Al día siguiente hacía un tiempo espléndido: el sol brillaba sobre todas las verdes romazas. La madre de los pollitos apareció con toda la familia junto a la acequia. Y, ¡plas!, la pata saltó al agua.

—¡Cua, cua, cua! —dijo, y los patitos se zambulleron uno tras otro.

El agua les cubrió la cabeza pero enseguida volvieron a salir y flotaban que daba gusto. Las patitas se movían solas y allí estaban todos, incluido el pollito feo y gris.

—Pues no, pavo no es —dijo la madre—. ¡Usa las patitas estupendamente y se mantiene del todo erguido! ¡Es mío! Y, en realidad, cuando se lo mira bien, tampoco es tan feo... ¡Cua, cua! Venid conmigo, voy a llevaros por el mundo para presentaros en el corral. ¡Manteneos siempre cerca de mí para que no os den un pisotón! ¡Y mucho cuidado con los gatos!

Llegaron poco después al corral. Allí había un tremendo alboroto porque había dos familias peleándose por una cabeza de anguila. Aun así, al final se la quedó el gato.

—Tomad nota, porque eso es lo que pasa en el mundo —dijo la pata relamiéndose el pico, pues ella también hubiera querido la cabeza de la anguila—. No dejéis de usar las patitas, venga, deprisa, e inclinad el cuello ante aquella pata mayor. Es la más noble de todas las que viven por aquí. Tiene sangre española, por eso está tan gordita. Y fijaos en la cinta roja que lleva en la pata, es algo extraordinario, la mayor distinción que puede alcanzar un pato. Es tan importante que no quieren deshacerse de ella y todos, animales y seres humanos, deben acercarse para conocerla. Deprisa, ¡no juntéis las patas! ¡Un patito educado tiene que saber separarlas, igual que mamá y papá! Venga, ¡inclinad ese cuello y decid «cua»!

Y así lo hicieron. Pero los otros patos que estaban por allí los miraron y dijeron en voz bastante alta:

—¡Mirad, ahí vienen en tropel! ¡Como si no fuéramos suficientes sin ellos! Y, ¡puaj!, ¡qué aspecto tan asqueroso tiene uno de ellos! A ese no vamos a poder soportarlo.

Y enseguida se le acercó un pato y le propinó un picotazo en la nuca.

—¡Déjalo en paz, no le ha hecho nada a nadie!

—Ya, pero es demasiado grande y demasiado diferente —replicó el pato del picotazo—, ¡por lo que hay que darle un meneo!

—¡Hermosos hijos tiene usted! —dijo la anciana pata, la de la cinta roja—. ¡Todos guapos menos aquel, ese no ha salido bien! Ojalá pudiera volver a incubarlo.

—Eso es imposible, Su Excelencia. Guapo no es, pero tiene muy buen carácter y nada igual de bien que cualquiera de los demás, incluso un poco mejor. Supongo que con el tiempo mejorará. O tal vez mermará un poco. Estuvo mucho tiempo en el huevo, ¡por eso no ha salido con el tamaño adecuado! —Le acicaló el cuello y le atusó las plumas—. Además es macho, entonces no importa tanto. Creo que será fuerte, ¡seguro que sabrá tirar p'alante!

—Los demás patitos son preciosos —dijo la pata mayor—. Sentíos como si estuvierais en vuestra propia casa. ¡Y, ya sabéis, si os cruzáis con una cabeza de anguila, podéis traérmela!

Y le hicieron caso: así que se sintieron como si estuvieran en casa.

Pero el pobre patito que había sido el último en salir del huevo y que era feúcho tuvo que aguantar mordiscos, empujones y burlas, no solo por parte de los patos, sino también de las gallinas. «¡Demasiado grande!», decían todas, y el pavo, que había nacido con espolones y por eso se creía un emperador, se hinchó como un barco con todas las velas izadas y se abalanzó sobre el patito haciendo «gluglú» hasta que se le puso roja la cabeza. El pobre patito no sabía dónde meterse; estaba muy triste por ser tan feo y porque todo el corral se burlaba de él.

Así fue el primer día y después siguió de mal en peor. Todos lo acosaban e incluso sus propios hermanos lo maltrataban. Siempre decían: «¡Ojalá te cogiera el gato, bicho repugnante!». La madre afirmaba: «¡Ojalá estuvieras bien lejos de aquí!». Los patos le lanzaban picotazos, las gallinas lo acribillaban y la muchacha que daba de comer a los animales le pateaba.

El patito echó a correr, voló por encima del cercado y los pajaritos que estaban entre los arbustos se alarmaron. «¿Por qué soy tan feo?», se preguntó el patito, que cerró los ojos y siguió huyendo hasta llegar a la ciénaga donde vivían los patos salvajes. Allí se quedó toda la noche, cansado y abatido.

Por la mañana, los patos salvajes levantaron el vuelo y miraron a su nuevo compañero:

—¿Y tú quién eres? —le preguntaron.

El patito miró a todos lados, saludando lo mejor que sabía.

—Mira que eres feo —manifestaron los patos salvajes—. Pero eso a nosotros nos puede dar igual, siempre que no te cases con ninguna de las de nuestra familia.

¡Pobre! Ni se le ocurría pensar en casarse, lo único que pedía era que le dejaran estar entre los juncos y beber un poco del agua de la ciénaga.

Allí pasó dos días hasta que llegó una pareja

de gansos salvajes. Machos. No hacía mucho tiempo que habían salido del huevo, por lo que eran muy resueltos.

—¡Escucha, amigo! —le dijeron—. Eres tan feo que hasta nos gustas. ¿Te vienes con nosotros para ser ave de paso? En una ciénaga vecina hay unas gansas salvajes estupendas, todas ellas solteras, y dicen «cua, cua, cua» maravillosamente. ¡Con lo feo que eres tendrás mucho éxito!

«¡Pim, pam!», sonó de repente desde lo alto y los dos gansos salvajes cayeron entre los juncos, muertos. El agua se tiñó de rojo. Luego se escuchó otro «¡pum, pam!». Bandadas enteras de gansos salvajes levantaron el vuelo de entre los juncos y estallaron más disparos. Era una cacería importante. Los cazadores se habían situado alrededor de toda la ciénaga y algunos hasta se habían colocado arriba, entre las ramas de los árboles suspendidas sobre los juncos. El humo azul flotaba como si fuesen nubes entre los oscuros árboles y sobre la superficie del agua. Los sabuesos de caza se acercaron por el barro, «¡plas, plas!». Juncos y cañas se movían en todas las direcciones, y el patito se asustó muchísimo. Dobló el cuello para esconder la cabeza bajo el ala y en ese mismo momento vio, a su lado, un perro terriblemente grande. La lengua le colgaba larguísima y sus ojos brillaban de una manera muy asquerosa. Acercó las fauces al patito mostrando sus afilados dientes y, «¡plas, plas!», se marchó sin hacerle nada.

—¡Ohh, gracias a Dios! ¡Soy tan feo que ni los perros quieren morderme!

Y allí se quedó quietecito mientras los perdigones silbaban por el aire y los disparos detonaban uno tras otro.

No pararon hasta bien entrado el día, pero ni aun así la cría se atrevió a levantarse, sino que se quedó esperando varias horas más. Entonces miró a su alrededor y echó a correr todo lo que pudo para escapar de esa ciénaga. Cruzó campos y prados, pero se había levantado el viento y le costaba mucho avanzar.

Hacia la noche llegó a la casa de unos campesinos pobres. La vivienda era tan miserable que ni siquiera sabía hacia qué lado derrumbarse y por eso se mantenía en pie. El viento golpeaba con tanta fuerza que el patito tuvo que sentarse para resistir sus embates. La cosa cada vez iba a peor. El patito se dio cuenta de que la puerta se había salido de una de las bisagras y que ahora colgaba tan inclinada que dejaba abierta una rendija que le permitía colarse dentro. Y así lo hizo.

Allí vivía una abuelita con su gato y su gallina. El gato, al que llamaba *Hijito*, sabía curvar la espalda y ronronear, sí, incluso echaba chispas, pero para eso había que acariciarlo a contrapelo. Las patas de la gallina eran muy muy bajitas, y por eso se llamaba *Quiquipaticorta*. Ponía unos buenos huevos y la anciana la quería como si fuera su propia hija.

A la mañana siguiente, enseguida se dieron cuenta de la presencia del patito forastero y el gato se puso a ronronear y la gallina a cacarear.

—¡Pero, bueno! —dijo la abuelita y lo miró. Pero, como no veía bien, pensó que el patito era un robusto pato que se había perdido—. ¡Premio! Si no es macho, conseguiré huevos de pato. Ya se verá.

Así, le concedieron un período de prueba de tres semanas al patito, pero este no puso ningún huevo. El gato era el amo de la casa y la gallina, su esposa, y siempre andaban diciendo «nosotros y el mundo», pues pensaban que ellos eran la mitad del mundo y, encima, la mejor parte. El patito pensaba que podría haber opiniones diferentes, pero por ahí no pasaba la gallina.

—¿Acaso sabes poner huevos? —le preguntó.

—No.

—¡Pues entonces cállate!

El gato le preguntó:

—¿Acaso sabes curvar la espalda, ronronear y echar chispas?

—No.

—Pues entonces no opines cuando habla la gente sensata.

Entonces, el patito se quedó arrinconado y de mal humor. Empezó a recordar el aire libre y la luz del sol, y le entraron unas extrañas ganas de flotar encima del agua, hasta que al final tuvo que contárselo a la gallina.

—¿Qué te has creído? —le contestó esta—. No tienes nada que hacer y por eso te entran esas ideas tan raras. Empieza a poner huevos o a ronronear, así se te pasarán.

—Pero ¡es que sienta tan bien flotar encima del agua, meter la cabeza y zambullirse hasta el fondo!

—Ya, ¡menuda diversión! —opinó la gallina—. Parece que te hayas vuelto loco. Pregúntale al gato, es el animal más avispado que conozco. Pregúntale si le gusta flotar en el agua o zambullirse. Yo no digo nada. Y pregúntale también a nuestra ama, la anciana; en todo el mundo no hay nadie más inteligente que ella. ¿Crees que le apetece flotar y meter la cabeza debajo del agua?

—No me estáis comprendiendo —dijo el patito.

—Bueno, si no te entendemos nosotros, ¿quién lo va hacer? No vas a ser más listo que el gato y que la abuela, ¡por no hablar de mí! No seas tonto, niño, y da gracias a tu Creador por todas las cosas buenas que te han pasado. ¿Acaso no has venido a una casa calentita, rodeado de gente que puede ilustrarte? Pero tú eres un insensato y no es nada divertido tratar contigo. Puedes estar seguro de que yo solo quiero tu bien. Te cuento las cosas incómodas y en eso se reconoce a un verdadero amigo. Anda, ¡procura empezar a poner huevos y a ronronear o echar chispas!

—Creo que me voy a lanzar al ancho mundo —dijo el patito.

—Pues adelante —declaró la gallina.

Y el patito se marchó. Ahora flotaba en el agua y se zambullía, pero todos los animales lo ignoraban por su fealdad.

Se acercaba el otoño. Las hojas del bosque se

volvían amarillas y marrones, el viento las arrancaba y las hacía bailar. Allí arriba el aire parecía frío y las nubes colgaban pesadas de granizo y copos de nieve. El cuervo graznaba en la valla «¡au, au!» del frío que tenía. Se llegaba a tener frío solo de pensarlo. El pobre patito lo estaba pasando verdaderamente mal.

Una tarde, el sol se estaba poniendo en todo su esplendor y una bandada de grandes aves salió de los arbustos. El patito jamás había visto pájaros más hermosos. Tenían un brillante color blanco y unos cuellos largos y flexibles. Eran cisnes. Emitieron un sonido asombroso, extendieron sus largas y maravillosas alas y levantaron el vuelo hacia el mar abierto, en dirección a países más cálidos, dejando atrás las tierras frías. Se elevaron alto, muy alto, y al patito feo le entró una sensación muy extraña. Daba vueltas en el agua como una rueda, extendió el largo cuello hacia ellos y dio un grito tan alto y tan asombroso que hasta él mismo se asustó. Ay, no pudo quitarse de la cabeza esas preciosas aves felices y, cuando las perdió de vista, se zambulló hasta el fondo. Al volver a salir, estaba como fuera de sí. No sabía cómo se llamaban aquellas aves ni tampoco adónde se dirigían y, sin embargo, las amaba como nunca había querido a nadie. No es que las envidiara, porque ¿cómo podría siquiera desear poseer tanta belleza? Le habría bastado si al menos los patos aceptaran entre ellos... a ese pobre animal tan feo.

Aquel invierno hizo mucho mucho frío y el patito tuvo que nadar sin parar para que el agua no se helase del todo. Pero, por la noche, la abertura en el hielo en la que nadaba se estrechaba cada vez más. Se congelaba tanto que crujía la superficie del hielo y el patito tenía que mover las patas constantemente para que el agua no se cerrara. Al final se fatigó, se quedó inmóvil y el hielo lo apresó.

A primera hora de la mañana pasó por allí un campesino, que lo vio, se acercó y rompió el hielo con su zueco. Después lo llevó a casa y se lo dejó a su mujer. Allí lo reanimaron.

Los hijos del campesino querían jugar con él, pero el patito creía que iban a hacerle daño. Empezó a correr asustado y tropezó con el cántaro de la leche. Lo volcó y la leche se derramó por la habitación. La señora pegó un grito y se llevó las manos a la cabeza. Después, el patito se metió en la artesa de la mantequilla y luego dentro del barril de la harina para, al final, subir de allí. ¡Madre, qué aspecto llegó a tener! La madre seguía chillando, intentó darle con el atizador y los niños tropezaron entre sí intentando capturar al patito entre risas y gritos. Menos mal que la puerta estaba abierta, y el patito pudo salir y meterse entre los arbustos cubiertos por la nieve recién caída, Allí se quedó como entumecido.

Sería demasiado doloroso contar todas las penurias y sufrimientos por las que pasó aquel invierno... Pero cuando el sol volvió a calentar, se encontraba en la ciénaga entre los juncos. Las alondras cantaban... y había llegado la maravillosa primavera.

Extendió las alas, que ahora sonaron con más fuerza que antes y lo llevaron con más impulso. Sin darse cuenta muy bien de cómo, se vio en un gran parque donde los manzanos estaban en flor y las lilas desprendían su aroma colgadas de las largas y verdes ramas que se inclinaban hacia los canales. ¡Ah, qué maravilla, qué frescor de primavera! Y justo enfrente de él, saliendo de la espesura, aparecieron tres esplendorosos cisnes blancos. Sacudían las plumas y flotaban ligeros sobre el agua. El patito reconoció a los magníficos animales y le invadió una extraña melancolía.

—¡Quiero acercarme a estas majestuosas aves! Me matarán a picotazos por atreverme a juntarme con ellos, yo, que soy tan repugnante. Pero ¡no me importa! Prefiero que me maten ellos a que me den picotazos los patos, me acribillen las gallinas y me dé patadas la muchacha que da de comer a los animales. ¡Y a tener que sufrir durante el invierno!

Así pues, echó a volar hasta el agua y empezó a nadar hacia los preciosos cisnes. Estos lo vieron y se acercaron rápidamente agitando las plumas.

—¡Matadme sin más! —dijo el pobre animal e inclinó la cabeza hacia la superficie del agua.

Pero... ¿qué era lo que vio reflejado en la transparente agua? Debajo vio su propia imagen, pero ya no era una torpe ave grisácea y fea, ¡sino que también él era un cisne!

¡No importa haber nacido en un corral de patos cuando se ha salido del huevo de un cisne!

Se alegró entonces por todos los sufrimientos y las penurias que había sufrido, pues le permitieron estimar en su justo valor la felicidad y todas las maravillas que ahora experimentaba.

Y los grandes cisnes nadaron alrededor de él, acariciándolo con el pico.

Llegaron unos niños que solían visitar el parque. Tiraron pan y semillas al agua y el más pequeño exclamó:

—¡Hay uno nuevo!

Y, llenos de júbilo, los otros lo acompañaron:

—¡Es verdad, ha llegado uno nuevo!

Aplaudieron, bailaron en corro y fueron a buscar a sus padres. Tiraron pan y galletas al agua y todos decían:

—¡El nuevo es el más bello, tan joven, tan precioso!

Y los cisnes viejos se inclinaron ante él.

Nuestro cisne se avergonzó y escondió la cabeza bajo las alas sin saber por qué. Era feliz. Pero no sintió orgullo porque el buen corazón nunca es soberbio. Recordaba cómo lo habían perseguido y hostigado, y ahora oía a todos decir que era la más maravillosa de todas las maravillosas aves que había allí. Las lilas de las ramas se inclinaron hacia él y el sol lo acompañó con sus cálidos rayos. Él agitó las plumas, levantó el grácil cuello y su corazón gritó con júbilo:

—¡Jamás soñé con tanta felicidad cuando era un patito feo!

La pequeña cerillera

Hacía un frío horroroso. Nevaba y empezaba a oscurecer. Era la última noche del año, Nochevieja. Y, con este frío y en esa oscuridad, iba por la calle una chiquilla pobre con la cabeza descubierta y los pies descalzos. Sí, es verdad que al salir de casa llevaba unas zapatillas, pero ¿de qué le servían si le quedaban grandes? Su madre también las había usado, a ella le estaban bien, y la pequeña las perdió al cruzar la calle corriendo porque dos carruajes pasaron junto a ella a gran velocidad. No pudo encontrar una de ellas, mientras que la otra se la llevó un chiquillo; dijo que le serviría de cuna para cuando él tuviera niños.

Ahí tenemos, pues, a la niña con los piececitos descalzos, enrojecidos y azules por el frío. En un delantal viejo llevaba muchas cerillas y en la mano

183

tenía un manojo de ellas. Durante todo el día no había conseguido vender ninguna, nadie le había dado ni una sola moneda de cobre. Tenía hambre y pasaba mucho frío, la pobre, y estaba asustada. Los copos de nieve caían sobre sus largos y rubios cabellos rizados, pero ni siquiera pensaba en ello. Las ventanas enviaban su cálida luz a la calle y, además, se percibía un delicioso olor a pavo asado en la calle. Claro, era Nochevieja. En eso sí que pensaba la chiquilla.

Fue a sentarse en un rincón que formaban dos casas, una más adelantada que la otra. Allí se acurrucó, abrazándose las piernecitas. Pero seguía te-

niendo mucho frío y no se atrevía a volver a casa, pues no había vendido ni una sola cerilla ni tampoco había conseguido una sola moneda y su padre la castigaría. Además, en casa también hacía frío, únicamente tenían un tejado sobre sus cabezas y el viento se colaba por las grietas más grandes a pesar de que estaban tapadas con paja y trapos viejos. Tenía las manitas casi muertas del frío. Ay, ¡qué bien vendría una cerillita! Ojalá se atreviera a sacar una del manojo, a encenderla y calentarse los deditos. Así que sacó una, «¡raaaas!». ¡Cómo chispeaba, cómo ardía! Tenía una llama caliente y clara como una velita cuando acercaba la mano a ella. Pero era una luz extraña. A la niña le parecía que se encontraba delante de una estufa de hierro con bolas y adornos de brillante latón. La llama irradiaba un calor maravilloso, un calorcito de lo más bueno. Pero ¿qué pasaba ahora? La pequeña sacó los pies para que se calentaran también... y entonces la llama se apagó. También desapareció la estufa y la niña se encontró con un trocito de cerilla quemada en la mano.

Encendió otra, que ardió y brilló. Su luz se reflejaba en el muro y, donde lo hacía, este se volvía transparente como un velo y permitía a la niña verse dentro del comedor, donde la mesa estaba puesta con una fina vajilla sobre un mantel que lucía blanquísimo. El ganso asado olía estupendamente, estaba relleno de ciruelas pasas y manzanas. Y mejor aún: el animal pegó un salto del plato al suelo y se acercó a la pobre, con el cuchillo y el tenedor clavados en el lomo. En ese momento se apagó la cerilla y entonces solo se percibió el grueso y frío muro.

La niña prendió entonces otra cerilla. Ahora se encontraba junto al más precioso árbol de Navidad, que era incluso más grande y estaba mejor adornado que el que había visto las Navidades pasadas a través de las puertas de cristal de la casa del acomodado tendero. Desde las verdes ramas brillaban miles de lucecitas y la miraban imágenes multicolor, como las que se usan para decorar en las tiendas. La pequeña alzó las manos hacia ellas... y la cerilla se apagó. Todas las lucecitas seguían elevándose, cada vez más arriba, y ahora vio que eran las brillantes estrellas. Una de ellas cayó trazando una larga estela de fuego en el cielo.

—Alguien se muere —dijo la pequeña, porque la anciana abuelita, la única persona que había sido buena con ella pero que ahora estaba muerta, le había dicho una vez que «cuando cae una estrella, es que un alma sube al cielo».

Volvió a encender otra cerilla. Esta iluminaba todo a su alrededor y en ese resplandor vio claramente a su abuelita, tan radiante, tan dulce, tan bendita.

—¡Abuela! —llamó la pequeña—. ¡Por favor, llévame contigo! Sé que habrás desaparecido cuando se apague la cerilla, igual que la estufa calentita, el delicioso asado de ganso y el maravilloso árbol de Navidad.

Quiso mantener allí a la abuela y rápidamente prendió el resto del manojo de cerillas. Ahora la claridad era más resplandeciente que la luz en pleno día. La abuela nunca había estado tan guapa ni tan grande. Cogió en brazos a la niña y se echaron a volar, cada vez más alto, con esplendor y alegría. Ya no hacía frío, ya no había hambre, ya no había angustia... ¡Ahora estaban junto a Dios!

Pero en el rincón entre las dos casas apareció en la fría mañana siguiente una niña con las mejillas rojas y una sonrisa en la boca... muerta, había fallecido por el frío en la última noche del año. La primera mañana del nuevo año amaneció sobre el pequeño cadáver: allí estaba acurrucada, con las cerillas en la mano.

Tenía un manojo entero casi quemado, parecía que habría querido calentarse. Nadie sabía de todas las maravillas que había visto la niña, del esplendor con el que, de la mano de la abuela, se había acercado a las alegrías del nuevo año.

La gota de agua

¿A que sabes lo que es una lupa? Es como un cristal de gafas, redondo, que hace que todo se vea cien veces más grande de lo que es. Cuando uno la coge y se la acerca al ojo y mira una gota de agua que viene del estanque, ve más de mil extraños animales que uno nunca ve en el agua pero que están ahí. Es verdad. Casi parece un plato lleno de quisquillas que saltan unas sobre otras. Son tan voraces que se arrancan brazos y piernas y cualquier otra parte y aun así siguen contentas... pero a su manera.

Érase una vez un anciano al que todos llamaban «Hormigueo», porque ese era su nombre. Siempre quería sacar lo mejor de cada cosa y, cuando no le salía, echaba mano de la magia.

Aquí lo tenemos ahora, con la lupa delante del

ojo mirando una gota de agua que había sacado de un charco en la acequia. ¡Menuda agitación había! Los miles de animalitos daban saltos, tiraban unos de otros y se mordisqueaban.

—Pero ¡qué horror! —exclamó el anciano Hormigueo—. ¿No podrá conseguirse que vivan en paz y armonía y que cada cual se ocupe de lo suyo?

Pensó y pensó, pero no le salía nada y tuvo que ponerse a magiar.

—Tengo que darles color para que sea más fácil verlos —se dijo.

Entonces echó algo que parecía una gota de

vino tinto a la gota de agua. Era sangre de bruja, de la mejor calidad, de esa de a dos chelines. Y así los cuerpos de todos esos extraños animales se volvieron de color rosa: ahora parecía una ciudad llena de salvajes desnudos.

—¿Qué tienes ahí? —preguntó un viejo trol sin nombre, y ese era su rasgo más exquisito.

—Si lo adivinas, te lo regalo —le dijo Hormigueo—. Pero ¡no es nada fácil de descubrir cuando no se sabe!

Y el trol sin nombre se puso a mirar por la lupa. Era verdad que parecía una ciudad entera donde todas las personas iban sin ropa. Era horripilante pero más horripilante todavía era ver cómo se empujaban, se pellizcaban, pinchaban, mordían y se daban tirones entre ellos. Lo que iba abajo tenía que ir arriba y lo que iba arriba tenía que ir abajo. ¡Mira, mira! ¡Su pierna es más larga que la mía! ¡Zas! ¡Fuera! Hay uno que tiene un bultito detrás de la oreja, de tamaño insignificante, pero le duele y ¡ahora aún más! Así que le dieron pinchazos y tirones y, finalmente, lo devoraron porque tenía un bultito. Había una que quería estar tranquila y solo deseaba paz y tranquilidad, pero no, ¡la llevaron al primer plano y tiraron de ella y le pegaron y la devoraron!

—¡Es extraordinariamente divertido! —dijo el trol.

—Ya, pero ¿qué crees que es? —preguntó Hormigueo—. ¿Lo adivinas?

—¡Eso se ve fácilmente! —contestó el otro—. Es Copenhague, claro, o cualquier otra ciudad grande, ¡todas se parecen! ¡Es una ciudad grande!

—¡Es agua de la acequia! —dijo Hormigueo.

¡Es la pura verdad!

—¡Es una historia espantosa! —dijo una gallina, y eso que vivía en una parte de la ciudad donde no había sucedido aquella historia—. ¡Es algo espantoso lo que ha sucedido en un corral! Esta noche no me atreveré a dormir sola, ¡menos mal que somos muchas en el palo de nuestro gallinero!

Empezó a contar su relato y a las demás gallinas se les pusieron las plumas de punta y al gallo se le dobló la cresta. ¡Es la pura verdad!

Pero empecemos desde el principio lo que tuvo lugar en la otra parte de la ciudad, en un gallinero. Se había puesto el sol y las gallinas iban subiendo a la percha. Una de ellas era plumiblanca y tenía las patas cortitas, había puesto los huevos reglamentarios y era una gallina de lo más respetable en todos los sentidos. Una vez en su percha, se puso a asearse con el pico... y en esas se le cayó una plumita.

—¡Así! —se dijo—. ¡Cuanto más me asee, más guapa estaré, seguro!

Hablaba en broma porque era la más alegre de las gallinas y, como ya he dicho, muy respetable por lo demás. Luego se durmió.

Las gallinas estaban a oscuras, una al lado de la otra, y la que más cerca estaba de la primera no se había dormido todavía. Escuchaba sin escuchar (como hay que hacer en este mundo si se quiere vivir tranquilo), pero tuvo que contárselo a la vecina que tenía al otro lado.

—¿Has oído lo que se ha dicho aquí? No miro a nadie pero ¡hay una gallina que pretende desplumarse para estar más guapa! ¡Si yo fuera gallo, la despreciaría!

Justo encima de las gallinas estaba la lechuza, con su marido lechuzo y sus lechucitos. En esa familia tenían el oído muy fino y se enteraron de todo lo que había dicho la gallina vecina. Revolvieron los ojos y mamá lechuza se abanicó con las alas.

—¡No hagáis ni caso! Pero ¿a que habéis oído lo que se ha dicho? Lo he captado yo con mis propios oídos... ¡lo que hay que oír! ¡A una de las gallinas se le ha olvidado por completo lo que es propio de ellas y se está quitando todas las plumas delante del gallo!

—*Prenez garde aux enfants!** —dijo papá lechuzo—, este no es un tema para niños.

—Pero a la lechuza vecina sí quiero contárselo, ¡es tan honorable en el trato!

Y para allá se fue volando la mamaíta.

—¡Uh, uuuuh! —ulularon las dos, y eso llegó hasta las vecinas de enfrente, las palomas del palomar.

—¿Os habéis enterado? ¡Uh, uuuuh! Hay una gallina que se ha quitado todas las plumas por el gallo. Va a morir congelada, ¡si no lo ha hecho ya!

—¿Dónde, dónde? —arrullaron las palomas.

—En el corral del vecino de enfrente. Prácticamente lo he visto con mis propios ojos. Es casi escandaloso contarlo, pero es la pura verdad.

—Nos lo crrrreemos, nos lo crrrreemos —dijeron las palomas y arrullaron la historia en su propio gallinero—. Hay una gallina, bueno, incluso algunos dicen que son dos, que se han arrancado todas las plumas para diferenciarse de las de-

* ¡Cuidado con los niños!

195

más y, así, llamar la atención del gallo. Es muy arriesgado, es fácil resfriarse y morir después por la fiebre. Y ya se han muerto, ¡las dos!

—¡Despertad, despertad! —cantó el gallo subiéndose a la valla, todavía con legañas en los ojos, aunque eso no le impidió cantar—. ¡Hay tres gallinas muertas por el amor no correspondido de un gallo! ¡Se han arrancado todas las plumas! ¡Es una historia horrenda, no voy a quedármela para mí solo! ¡Que corra, que corra!

—¡Que circule! —silbaron los murciélagos.

Y las gallinas cacarearon y los gallos cantaron:

—¡Que corra, que corra!

Y de esa forma la historia fue pasando de un gallinero a otro para, finalmente, volver al lugar de donde había salido.

—Hay cinco gallinas —se decía entonces— que se han arrancado las plumas para demostrar cuál de ellas se ha quedado más flaca por el amor no correspondido del gallo. ¡Luego han empezado a darse picotazos y han caído desangradas, muertas para gran bochorno y vergüenza de sus familias y gran pérdida para el dueño!

Y la gallina a la que se le había caído una plumita suelta, naturalmente, no reconoció su propia historia y, como era una gallina respetable, dijo:

—¡Cómo desprecio a las gallinas así! ¡Y no son las únicas! Estas cosas no hay que callárselas, voy a hacer lo que pueda para que esta historia se publique en el periódico, así la conocerá todo el país. ¡Se lo tienen muy merecido esas gallinas y también sus familias!

La historia se publicó en el periódico, se llevó a la imprenta y es la pura verdad: se ve en ella muy bien como «una plumita bien puede convertirse en cinco gallinas».

Hans el Torpe
Una vieja historia contada de nuevo

En el campo había un viejo caserío donde vivía un viejo terrateniente con dos hijos. Estos eran tan espabilados que con la mitad de su inteligencia les hubiera bastado. Querían pedir la mano de la hija del rey y se atrevían a hacerlo porque ella había hecho saber que se casaría con el hombre que, según ella, mejor se supiera defender hablando.

Ambos se prepararon durante ocho días, pues más tiempo no podían dedicar a ello, pero eran suficientes porque ya tenían conocimientos previos y eso siempre es útil. Uno de ellos se sabía de memoria toda la enciclopedia latina y los últimos tres años del periódico de la ciudad, tanto del derecho como del revés. El otro se había aprendido todos los artículos del reglamento de los gremios y sabía lo que debía conocer cualquier síndico jefe. Así consideraba que podía opinar sobre asuntos de Estado. Además, sabía bordar tirantes, porque era muy fino y muy manitas.

—¡Yo me llevaré a la princesa! —dijeron los dos y luego su padre les dio a cada uno un estupendo caballo.

Al que se sabía de memoria la enciclopedia y los periódicos le tocó uno negro como el carbón y al que poseía los conocimientos de un síndico jefe y bordaba, uno blanco como la leche. Ambos se untaron las comisuras de la boca con aceite de hígado de bacalao para que estuvieran más flexibles. Todos los criados salieron al patio para verlos montar y en esas pasó el tercer hermano, porque tres eran, pero nadie contaba con él como parte de la familia. No tenía los mismos conocimientos de los otros dos y lo llamaban simplemente Hans el Torpe.

—¿Adónde vais con vuestras mejores galas? —preguntó.

—A palacio, para ganarnos a la princesa con nuestra conversación. ¿No has oído los rumores que corren por todo el país?

Y le contaron lo que se decía.

—¡Caracoles! ¡Pues tendré que apuntarme yo

también! —declaró Hans el Torpe, y sus hermanos se rieron de él antes de marcharse.

—Padre, déjame un caballo, me están entrando ganas de casarme —voceó Hans—. ¡Si me escoge a mí, me elegirá! ¡Y si no me elige, yo la escogeré igual!

—¡Qué tontería! —contestó su padre—. No te voy a dejar ningún caballo. ¡Si no sabes expresarte! Otra cosa son tus hermanos, ¡ellos sí que son de primera!

—¡Si no me dejas un caballo, cogeré el macho cabrío! ¡Es mío y podrá conmigo!

Así que Hans se montó a horcajadas en el animal, hincó los talones en sus costados y salieron volando por la carretera. Uyyy, ¡cómo iban!

—¡Allá voy! —decía él, antes de ponerse a cantar con voz estridente.

Más adelante cabalgaban tranquilamente sus hermanos sin decir nada. Cada uno pensaba en todas las agudezas y sutilezas que iba a decir, ¡porque ingeniosos tenían que ser!

—¡Hooola! —les gritó Hans el Torpe—. ¡Aquí estoy! ¡Mirad lo que he encontrado en la carretera! —Y les mostró una corneja muerta que había visto.

—¡Torpón! —le dijeron—. ¿Para qué la quieres?

—¡Voy a regalársela a la hija del rey!

—¡Tú mismo! —afirmaron, antes de reírse y seguir su camino.

—¡Hooola! ¡Aquí estoy otra vez! ¡Mirad con lo que me he topado! ¡Esto no se encuentra así como así en la carretera!

Los hermanos se volvieron para ver qué era.

—¡Torpón! —dijeron otra vez—. Pero si es un zueco viejo al que le falta la parte de arriba. ¿También va a ser para la princesa?

—Exactamente.

Los hermanos se rieron, volvieron a marcharse y le tomaron otra vez mucha delantera.

—¡Hooola! ¡Aquí estoy! Pero, bueno, ¡no lo puedo creer! ¡Es increíble!

—¿Y ahora qué has encontrado? —dijeron los hermanos.

—Ahhh, ¡no se puede ni describir! ¡Qué contenta se pondrá la hija del rey!

—¡Puaj, si es lodo sacado de una zanja!

—Sí, así es. Y de la mejor calidad, se te cuela entre los dedos —dijo y se llenó los bolsillos con él.

Los hermanos hicieron correr otra vez a sus caballos todo lo que pudieron y llegaron a la puerta de la ciudad una hora antes de tiempo. Allí se daba a los pretendientes un número según iban llegando y los colocaban en filas de a seis, tan apretados que no podían mover siquiera los brazos. Y, menos mal, porque si no, seguro que se hubieran atacado los unos a los otros por la espalda solo por estar uno delante de otro.

Los demás habitantes del país estaban alrededor del palacio, incluso llegaban hasta los ventanales, para ver a la princesa recibir a los pretendientes. Cada vez que uno de ellos entraba en el salón parecía que le fallara la lengua.

—¡No sirve! —decía la princesa—. ¡Fuera!

Ahora era el turno del hermano que se sabía de memoria la enciclopedia, pero todos sus conocimientos se le habían borrado por completo mientras guardaba cola. Además, el suelo crujía, el techo era un espejo, de manera que se veía a sí mismo al revés, y en cada ventanal había un escribano y un síndico jefe. Cada uno iba apuntando todo lo que se decía para que enseguida pudiera salir en el periódico que iba a venderse por dos chelines en la esquina. Era horrible y, para colmo, ¡la estufa calentaba tanto que el tambor estaba al rojo vivo!

—Aquí hace un calor increíble! —dijo el pretendiente.

—Eso se debe a que, hoy, mi padre está asando pollos —explicó la hija del rey.

—Eeeem... —Y así se quedó, pues no esperaba ese tipo de conversación. No le salía ni una palabra porque quería decir algo gracioso y no se le ocurría nada—. ¡Eeeem!

—¡No sirve! —dijo la princesa—. ¡Fuera!

Y así tuvo que marcharse. Ahora era el turno del otro hermano.

—¡Aquí hace un calor horroroso! —dijo.

—Sí, hoy estamos asando pollos —aclaró la princesa.

—¿Có...? ¿Qué? —titubeó, y todos los escribanos apuntaron: «¿Có...? ¿Qué?».

—¡No sirve! —dijo la princesa—. ¡Fuera!

Ahora le tocó a Hans el Torpe, quien entró en el salón montado en el macho cabrío.

—¡Menudo calor hace aquí!

—Es porque estoy asando pollos.

—¡Entonces, estupendo! Así podréis asarme también una corneja.

—Sin problema, pero ¿no tendréis vos algo en que asarla? ¡No me queda ningún cacharro!

—Pero a mí, sí. Aquí traigo una cazuela con grapa de estaño —dijo Hans el Torpe y sacó el viejo zueco, donde puso la corneja.

—¡Aquí hay toda una comida! —dijo la princesa—, pero ¿de dónde sacaremos la salsita?

—¡La traigo en el bolsillo! Tengo tanta que hasta me puedo permitir derramar una parte. —Y sacó un poco de lodo del bolsillo.

—¡Así me gusta! —dijo la hija del rey—. ¡Tú sí que sabes responder! Y hablar, ¡contigo me quiero casar! Pero tienes que saber que cada palabra que decimos y que hemos dicho se está apuntando y saldrá mañana en el periódico. ¿Ves cómo en los ventanales hay escribanos, además de un viejo síndico jefe? Este último es el peor porque no comprende nada.

Dijo lo anterior para meter miedo. Y los escribanos relincharon y derramaron tinta en el suelo.

—¡Parece gente distinguida! —afirmó Hans el Torpe—. ¡Voy a darle lo mejor al jefe! —Y se vació los bolsillos y le lanzó lodo a la cara.

—¡Bien hecho! —dijo la princesa—. ¡Yo no habría sido capaz de hacerlo, pero seguro que aprenderé!

Y Hans el Torpe se convirtió en rey. Tuvo esposa y corona y se sentó en un trono. Lo sabemos gracias al periódico del síndico jefe... ¡y ese no es de fiar!

Hans Christian Andersen

Hans Christian Andersen (Odense, Dinamarca, 1805 - Copenhague, 1875) fue un escritor danés conocido sobre todo por sus cuentos, aunque también cultivó otros géneros como la novela, la poesía, el relato de viajes o el teatro. Nació en una familia pobre y su padre murió cuando Andersen tan solo tenía once años. No obstante, gracias a la contribución de Jonas Collin, director del Teatro Real de Copenhague, pudo ir a la escuela. En 1928 se matricularía en la universidad. Escribió a lo largo de su vida más de doscientos cuentos. En su mayoría, a diferencia de otros autores importantes del género, como los hermanos Grimm o Perrault, las historias son fruto de su fecunda imaginación. Su obra, traducida a más de ciento veinticinco idiomas, le ha consagrado como uno de los clásicos más importantes de la literatura infantil. «La princesa y el guisante», «La Sirenita», «El traje nuevo del emperador» o «El patito feo», todos incluidos en la presente selección, son algunas de sus piezas que transcendieron el ámbito literario y cuya enorme popularidad fue responsable de que se instalaran en el imaginario colectivo.

ÍNDICE

Austral Intrépida recopila las obras más emblemáticas de la literatura juvenil, dirigidas a niños, jóvenes y adultos, con la voluntad de reunir una selección de clásicos indispensables en la biblioteca de cualquier lector.

TÍTULOS DE LA COLECCIÓN:

Cuentos de Andersen,
Hans Christian Andersen
Peter Pan y Wendy, J. M. Barrie
El mago de Oz, L. Frank Baum
A través del espejo y lo que Alicia encontró allí,
Lewis Carroll
Alicia en el país de las maravillas,
Lewis Carroll
Las aventuras de Pinocho, Carlo Collodi
El perro de los Baskerville,
Arthur Conan Doyle
Las aventuras de Sherlock Holmes,
Arthur Conan Doyle
Robinson Crusoe, Daniel Defoe

AUSTRAL